Chère
Mademoiselle
et Amie

Du même auteur :

L'Œil de Lucie, roman, 2005, Prix Rambert 2007, éditions de l'Aire (Vevey)

Triangles, roman, 2009, L'Âge d'homme (Lausanne, Paris)

Disparition programmée. Le musée Bolo mène l'enquête. Avec Yves Bolognini. 2013, Presses Polytechniques et Universitaires Romandes.

Couverture : Oxyde. Lausanne.

Tous droits de reproduction, de traduction et d'adaptation réservés pour tous pays.

© 2014 Copyright by Éditions Mon Village S.A.
   CH - 1450 Sainte-Croix

ISBN   2-88194-281-4
ISBN 13   978-2-88194-281-5

Marielle Stamm

Chère Mademoiselle et Amie

Roman

Éditions Mon Village

À Jacqueline, à Francine

À Danielle Selma

C'est celui qui raconte, et lui seul, qui arrange toutes ces anecdotes, prétendant dire ce qui a été mais taisant que cette réalité, dès lors qu'il la relate, prend par lui la forme d'une fiction, falsifiant ainsi la formidable inconsistance du passé et lui conférant la logique d'une intrigue. Et dès lors il n'y a pas lieu de s'étonner de ce que toute vie ait l'air d'un roman puisque raconter sa vie ou celle d'un autre, revient très exactement à lui donner cette allure de roman qui la fait seule exister.

Philippe Forest
Le Siècle des nuages

Prologue

Ils sont partis la fleur au fusil.
Il partira dix ans plus tard, Fleur à son bras.

Ils sont allés se faire trouer la peau dans les tranchées.
Il est en vacances dans une station thermale valaisanne.

Ils ont les pieds dans la boue, la vermine les ronge, la faim tiraille leur ventre.
Il déjeune avec sa mère dans l'élégante salle à manger de l'Hôtel Bellevue.

Ils traversent les barbelés et se lancent à l'assaut des lignes ennemies.
Il dispute nonchalamment une partie de tennis en joyeuse compagnie.

La nuit venue, ils ramassent les cadavres et les entassent dans leur bourbier.
Les jeux de société, les sauteries prolongent les soirées.

Ils ne quittent jamais leur capote raide de glaise et de crasse.
Il arbore pantalon blanc à larges revers, veste en lin et canotier léger.

Allongés dans la fange, ils écrasent les poux qui les harcèlent.
Couché dans l'herbe, il magnétise des fourmis avec une brindille.

Eux dans les tranchées.
Lui, citoyen suisse, dans son pays où il passe des vacances tranquilles.

Eux et lui étaient, il y a peu de temps encore, assis sur les mêmes bancs du lycée, à Marseille. Ils traduisaient Virgile.

Ils ont été envoyés au front pour servir de chair à canon.
Il a reçu le Premier prix de version latine.

Vous êtes un privilégié. Les Dieux se sont penchés sur votre berceau,
lui répètera-t-elle sans relâche dans ses lettres.

Loèche-les-Bains, 17 juillet 1918

La fourmi s'est dressée sur ses pattes, fascinée par l'index du jeune homme qui remue à deux centimètres de ses antennes. Puis, l'insecte s'est renversé sur le dos. Muni d'un fil de cuivre, il magnétise des fourmis et s'amuse de leurs mouvements désordonnés. La pluie va interrompre la séance d'hypnotisme. La lettre où il relate ses exploits avec une brindille comme seule arme, est datée du 17 juillet 1918. Elle commence par un Chère Demoiselle cérémonieux. Le D est majuscule, ce qui accentue la pompe de l'entrée en matière. Il a trouvé l'enveloppe sur la table de sa chambre d'hôtel. Il calligraphie l'adresse de la destinataire :

L'écriture occupe tout l'espace disponible. Elle est penchée à l'extrême comme si chaque ample majuscule, le S de Sibyl, le W de Weiss, voulait coiffer prénom et nom, de sa naissante affection. Cette lettre est la première d'une longue correspondance qui s'étalera sur plus de cinquante ans.

Ce même 17 juillet, la bataille de la Marne fait rage à l'est de la France. Elle a été meurtrière dans les deux camps. Pour les seules troupes françaises, plus de cent cinquante mille morts ou disparus, et autant de blessés, à six mois de la fin de la guerre. Plus tard, elle lui suggèrera de lire d'Henri Barbusse, *Le Feu,* une description de la guerre et des tranchées, impitoyable et sordide. Mais, aujourd'hui il a vingt ans, il écrit à une jeune fille, et ce qui se passe à cinq cents kilomètres à vol d'oiseau de son hôtel suisse lui apparaît moins important que le grouillement d'une fourmilière.

Première partie

Cécilia

Les lettres sont tombées du ciel, ou plutôt elles ont été déposées par le facteur devant ma porte, dans un carton. À la suite d'un coup de fil.

« Allô ? », voix féminine douce et agréable. « Monsieur Lucas Wanderer ? »

Moi, d'une voix réticente, je me méfie de certains crampons :

« Lui-même.

— Vous êtes originaire de Marseille ? J'ai lu dans *Le Temps* l'interview sur votre dernier essai… »

Moi, toujours méfiant, tentant d'abréger :

« Oui.

— Seriez-vous parent d'un certain Félix Wanderer ? »

Où voulait-elle en venir ? Aussi sec, j'ai répondu :

« C'était mon père. Il est mort, il y a plus de trente ans. Pourquoi ?

— C'est que », a poursuivi la voix que je sentais un peu émue, « je possède une correspondance, des dizaines de lettres signées de son nom. Je m'appelle Cécilia Weiss.

— Qu'il vous aurait envoyées ?

— Oh non… il écrivait à ma tante Sibyl. Elle est morte également. J'aimerais retrouver ses réponses. Les lettres qu'elle lui écrivait. »

Moi, réfléchissant :

« Mais je n'ai jamais entendu parler de votre tante. Ni d'une quelconque correspondance… »

Elle essayait de me persuader :

« Vous savez, c'est très beau ce qu'il écrit. Il raconte ses voyages, ses lectures, Ses descriptions sont passionnantes. Dans ses dernières lettres, il parle de vos sœurs, de vous. »

Moi, sur la défensive :

« Et bien ! Envoyez-les-moi.

— C'est que... je pourrais vous en faire lire une ou deux. »

Elle faisait la difficile maintenant ! J'ai coupé court lui promettant que j'allais questionner mes sœurs aînées. Elles conservent tout. Elles possèdent peut-être ce trésor caché, les lettres de sa tante Sibyl qu'elle voulait à tout prix récupérer.

Le téléphone à peine raccroché, je me suis mis à gamberger. Mon père, cet homme affable et élégant, déjà sexagénaire lorsque j'étais enfant, aurait eu une liaison dont nous n'aurions rien su. Une telle pensée ne m'avait jamais traversé l'esprit. La conversation m'a troublé. J'ai appelé mes sœurs. Margot, la plus jeune, m'a dit tout ignorer et m'a envoyé promener.

« Tu ferais mieux de t'occuper un peu mieux de tes propres amours au lieu de courir derrière des fantômes. »

Jeanne, qui a quitté le nid familial la dernière, me dit avoir reçu de rares confidences de notre père, mais elle a décrété, péremptoire :

« C'était son jardin secret. Lucas, tu ne dois pas fouiller dans un passé qui ne t'appartient pas. »

Anémone est fan de généalogie. De tous les enfants Wanderer, c'est celle qui en sait le plus sur les secrets de famille qui jalonnent l'histoire de la nôtre. Elle m'a affirmé :

« Certes, j'ai entendu parler de Sibyl Weiss mais nous n'avons rien trouvé qui pourrait ressembler à une correspondance suivie entre Papa et elle. Quand et par qui les lettres auraient-elles été supprimées ? Par leur destinataire, notre père au fur et à mesure qu'il les recevait ? Par Maman ? » Anémone a fait une pause. Je l'entendais soupirer. Jamais elle n'accuserait celle qu'elle a veillée jusqu'à la fin. Mais nous y pensions tous les deux. Notre mère était possessive et surveillait son mari comme une tigresse. Jamais elle n'aurait toléré qu'une autre occupe la moindre place dans sa vie. »

Ma sœur aînée a repris :

« C'est peut-être tout bonnement nous, Jeanne et moi. Après la mort de maman, nous avons fait de grands tris. Nous avons déchiré des tiroirs entiers de correspondance, le plus souvent sans rien relire. Il y en avait trop. Ce que l'on pouvait écrire autrefois ! »

Une semaine plus tard, la nièce m'a rappelé. J'ai dû lui avouer que j'avais fait chou blanc. Pas trace des lettres de sa tante dans les archives familiales ! Je l'ai sentie déçue, brusquement désintéressée. Si l'autre pan de la correspondance était introuvable, le fait d'avoir retrouvé le descendant de Félix Wanderer ne présentait plus aucun intérêt pour elle. Et pourtant ! Il y avait comme un regret dans le son de sa voix. Elle cherchait le souvenir de sa tante.

« Votre père a occupé une place privilégiée dans sa vie. J'ai retrouvé tous ses écrits dans un gros carton. » Elle a promis de me l'envoyer sans tarder.

« Vous me le rendrez lorsque... » Elle n'a pas terminé la phrase. Lorsque quoi ? Elle a mis fin à la conversation et m'a refilé le bébé. À moi de me débrouiller... Et d'en faire ce que bon me semblerait.

Le carton

Fébrile, faut-il l'avouer, j'étais fébrile. J'ai coupé les ficelles du carton avec une certaine rage. J'ai découvert le trésor, le cadeau, un ultime cadeau que ce père généreux offrait à son vieux petit garçon. Des enveloppes, une foule d'enveloppes, des liasses de lettres, un wagon de feuillets recouverts de son écriture familière, penchée et tranquille. Combien de fois ont-elles été lues et relues par leur destinataire, avant de s'endormir comme elle, dans leur linceul de papier ?

Les paroles de Jeanne ont subitement résonné dans mes oreilles, me tirant de mon rêve.

« C'était son jardin secret. Tu ne dois pas fouiller dans un passé qui ne t'appartient pas. Ces lettres ne te sont pas adressées. »

J'ai tenu une semaine mais ma curiosité a repris le dessus. Je me suis menti à moi-même :

« Tu ne fais que déchiffrer des vieilles lettres, rien de plus. Un travail banal dans ton métier de sociologue. Pas de quoi fouetter un chat ! Voilà plus de trente ans que ton père est mort, et autant pour sa correspondante. » J'ai repensé aux paroles de la nièce, comme une invite insidieuse à la transgression.

« Il raconte ses voyages, ses lectures, ses descriptions sont passionnantes. » Allais-je me priver de tous ces témoignages du passé de mon père ? Un père dont j'ai été orphelin adolescent, beaucoup plus tôt que mes sœurs, vu les années qui nous séparent ? Un père tant aimé et si vite parti ! Au diable les scrupules d'un autre âge ! J'ai acheté trois classeurs rouges. J'ai collé des croix blanches sur les couvertures. Bien qu'ayant passé presque toute sa vie à l'étranger, mon père était Suisse avant tout. Lorsqu'il était en voyage sur d'autres continents, ses lettres s'acheminaient régulièrement, les unes après les autres, vers une destination unique, La Chaux-de-Fonds, une petite ville horlogère du Jura helvétique aux rues bien quadrillées.

J'ai inséré chaque feuillet dans une chemise en plastique, avant d'en lire la moindre ligne. J'entrais en religion. Avant de déflorer le sujet, il me fallait observer un rituel de purification. J'ai reniflé les enveloppes, espérant y découvrir un parfum secret, l'odeur de l'herbe sur laquelle Félix était couché lorsqu'il magnétisait les fourmis, celui de son amie lorsqu'elle posait ses doigts sur les courbes élégantes que dessinaient les mots. Illusion ou réalité, j'ai cru reconnaître l'odeur de la feuille de laurier mariée à l'huile d'olive, l'odeur si caractéristique du savon de Marseille. Je me suis souvenu du geste instinctif que je venais d'accomplir, celui qu'il m'avait inculqué dans mes jeunes années avant chaque repas.

« Lucas as-tu pensé à te laver les mains ? » Pas question pour ce père intransigeant de prendre place à table, les doigts maculés d'encre ou couverts de poussière.

En guise de hors-d'œuvre, je décidai d'apprivoiser la forme avant le contenu. Il me semblait que j'étais soudain privé du don de lecture. Comme si les lettres étaient écrites dans une langue étrangère. J'en déchiffrerais la signification plus tard, comme Champollion avec sa pierre de Rosette. J'observai les lignes régulières, parfaitement parallèles, sans une seule rature. Elles se dirigeaient en amples diagonales vers le haut de la page. Les graphologues y verraient sans doute une propension à l'optimisme. Le jeune homme écrivait sans relâche. Il ne relevait pas la plume pour reprendre haleine. L'inspiration semblait permanente. Les idées s'enchaînaient sans peine, le cerveau dictant à la main son foisonnement de réflexions. Pas un seul feuillet n'était laissé vierge. En ces temps de guerre et même d'après-guerre, le papier était denrée rare. Le scribe s'arrêtait faute de place et non de matière à pétrir.

Subitement, les lettres se sont mises en mouvement, telles des colonnes de fourmis serpentant sur la terre sèche du jardin. Une ronde qui m'entraînait loin dans le temps, un temps que je n'avais jamais connu. Mes yeux se dessillaient lentement. Des mots, des bribes de phrases cognaient dans mon cerveau. Des sentences nobles et des termes désuets, une politesse d'un autre âge, et aussi des réflexions qui n'ont rien perdu de leur pertinence. Comment résister à ce cœur qui se dévoilait sans fards ?

Statistiques

Je n'osais pas encore pénétrer à fond dans ce trésor. Les injonctions de mes sœurs me retenaient. Je devais inventer d'autres rites, m'imposer une nouvelle démarche. Mon ordinateur m'a apporté la solution. S'il fallait trier, collationner, je ferais des statistiques. Même si la vérité est souvent bien éloignée des chiffres, ils ouvrent des horizons parfois imprévisibles. Je me mis à additionner et à établir des moyennes.

La correspondance s'étale de 1918 à 1972. Soixante-quinze lettres, quatre cent dix feuillets, quarante-neuf cartes postales. Le tout réparti sur deux périodes : avant et après. Entre l'avant et l'après, mon père s'est marié. Durant les dix premières années, les lettres sont pléthoriques en nombre et en volume. Mystère, le lien épistolier entre les deux amis, même plus ténu, a perduré au-delà de l'irruption de ma mère dans la vie de Félix Wanderer.

De 1918 à 1928, la correspondance est surabondante mais elle varie d'une année à l'autre comme les vagues qui oscillent au gré du vent dans un champ de blé vert. Année 1918, onze lettres, quatre-vingt-deux feuillets. Année 1919, treize lettres, quatre-vingt-quatre feuillets. En 1920, le nombre de lettres chute à six mais la moyenne des feuillets, douze par lettres, est spectaculaire. Peste ! Mon père n'avait-il jamais de crampe au poignet ? Que s'est-il passé, les années suivantes ? Les lettres s'espacent et leur auteur semble perdre un peu de son inspiration. Cinq en 1921, sept en 1922, deux en 1923. Illusion des décomptes ! L'écriture s'affine au cours des années, elle se resserre. Félix Wanderer écrit plus sur moins de papier. Il voyage, les missives empruntent des chemins longs et compliqués. Le nom du bateau qui transporte le message est inscrit sur le haut de l'enveloppe. Il travaille, son agenda ploie sous les rendez-vous, il cède bientôt à la mode des cartes postales. Par facilité peut-être, mais aussi pour ne jamais perdre le contact.

Je me laissais distraire par ces images d'un autre temps. Les buildings austères et néoclassiques de l'Université américaine où il poursuit ses études, une cascade bucolique lorsqu'il séjourne à la montagne en Suisse, un match de base-ball en Caroline du Nord, le Capitole à Washington, tous ces rectangles de carton convergent sans relâche vers la petite ville en damier. En 1927, Félix séjourne à l'autre bout du globe et la cathédrale baroque de Santiago du Chili s'expatrie en Suisse.

Subitement mon regard est arrêté par deux objets étranges, dressés tels des phallus au recto d'une carte. Erreur, il ne s'agit pas de sexes masculins, comme ces lingams sculptés au fond d'une rivière par des moines cambodgiens, mais de deux poignards mycéniens incrustés de bas-reliefs finement ciselés. Pourquoi le choix de Félix s'est-il porté sur des objets aussi sophistiqués et barbares ?

À quoi bon me torturer l'esprit ? Pourquoi me fatiguer avec ce tableau Excel ridicule ? Je ne faisais que tourner autour du pot. Il était temps de partir comme mon voyageur de père, à la découverte d'un autre monde, même s'il fallait briser une intimité défunte. Que pouvait bien raconter un jeune homme de vingt ans à une jeune fille du même âge, au début du siècle dernier dans ces missives fleuves ? Qui était cet inconnu aux yeux rieurs et à la bouche charnue ? Qui était celle à qui il sacrifiait tant d'heures de studieuse écriture ?

Un tissu mité

J'ai menti ou plutôt je me suis menti à moi-même. Dès l'ouverture du carton, j'avais déjà plongé dans les premières lettres. Avant de réfléchir, avant d'analyser l'écriture, avant d'établir de stupides statistiques, je les avais dévorées page après page. Émouvantes, naïves, pleines de fraîcheur. Félix Wanderer passe quelques jours de vacances dans une station thermale valaisanne, avec ses parents, des Suisses émigrés dans le Sud de la France, à la fin du siècle précédent. Il ne les a pas revus depuis longtemps. La guerre de 14 s'éternise, la frontière, fermée en raison des hostilités, s'est ouverte durant quelques heures, leur permettant de rejoindre leur fils qui poursuit ses études en Suisse.

Il savoure cette parenthèse, hypnotise des fourmis et écrit à une jeune fille qu'il vient de rencontrer. Et soudain au détour d'une phrase, un aveu. *Nos conversations me manquent tellement. Pourquoi rester à Genève? La ville était trop vide après votre départ.* Sans transition, cette citation étonnante, empruntée à Antiochus, le roi de Comagène, l'amoureux transi de Bérénice.

Je vous redemandais à vos tristes états.
Je cherchais... la trace de vos pas!

Que veut-il dire en évoquant l'héroïne racinienne la plus bouleversante de tout le théâtre classique? Qui est cette reine triste dont il cherche en vain les traces de pas? Pressent-il quelque rival de l'étoffe de Titus, futur empereur de Rome? Il tronque le deuxième vers et supprime un morceau de phrase: *en pleurant.* Le vers devient bancal sans les douze pieds imposés par l'alexandrin. Il veut bien avouer sa flamme, mais pas question de se ridiculiser en se mettant à pleurer !

Voilà maintenant que je me prenais pour Racine. Sa flamme ! Qu'en était-il en vérité ? Pourquoi étais-je si réticent ? Ma curiosité était malsaine. J'étais un voyeur en quête de frissons incestueux. Comment expliquer mon acharnement à vouloir lire et découvrir le contenu de ces lettres autrement que par ce besoin de savoir ? S'agissait-il d'une grande passion ? Ou plutôt d'une amitié profonde comme celle qui lia Montaigne à Étienne de La Boétie ? Les lettres me donneraient-elles les clés du mystère qui me tenait en haleine ? Impossible de trancher si tôt dans ma lecture. Et d'abord qu'avait bien pu répondre Bérénice ou plutôt Sibyl ? Avait-elle réagi à la déclaration voilée ? Était-elle hypnotisée, comme la fragile fourmi, par ce grand jeune homme aux manières si délicates et à la plume facile ? Quelle frustration de ne rien savoir !

Je comprenais maintenant la demande de Cécilia, la nièce qui venait de chambouler ma vie avec son coup de fil insistant. Je comprenais sa déception lorsque j'avais dû lui avouer qu'aucune lettre de sa tante n'avait été conservée. Pourquoi les lettres de Sibyl étaient-elles introuvables ? Quelles mains vengeresses ou prudentes les avaient éliminées ? J'étais envahi par une colère subite. Cette correspondance était un tissu mité. Plein de trous, inutilisable ! Comment reconstituer la relation de deux êtres s'il manquait la moitié du dialogue ? Comment refaire le puzzle puisqu'il manquait un morceau sur deux ? Ce fatras de lettres n'était qu'un monologue insupportable, une imposture. Il ne me restait qu'à les brûler et à retourner chatter sur Twitter. Là au moins, j'aurais du répondant. Même par écran interposé, je converserais en direct avec des êtres bien vivants. Leurs propos futiles effaceraient provisoirement mes préoccupations dérisoires.

Anémone

Cécilia et Anémone ont dû sentir le vent de ma révolte. Sans concertation, elles ne se connaissent pas, elles se sont toutes deux manifestées le même jour. La première m'a envoyé cinq photos de Sibyl. La seconde m'a téléphoné pour m'inviter à venir passer chez elle quelques jours, en Ardèche.

« Viens te replonger dans l'atmosphère familiale », a-t-elle affectueusement ajouté.

J'ai étalé les photos. Sibyl était jolie. Un visage très doux, un regard légèrement nostalgique, un sourire à peine esquissé, des cheveux ramenés en escargots tressés sur les oreilles, un front immense presque trop grand. Elle est vêtue simplement, une robe ou un chemisier noir qu'anime un col en guipure. On retrouve le même col, vingt-cinq ans plus tard sur la photo de l'enseignante dans son bureau. Penchée sur ses livres, le visage à peine plus marqué. Je m'attardai sur un autre instantané pris l'année du bac, détail qui figure au dos de la photo. J'aimais le col marin, la cravate nouée et le béret qui bouffe sur des cheveux un peu fous. Je savais désormais que Félix attendait cette jeune fille à la sortie des cours, sur le Boulevard des Bastions, à Genève, en ce printemps 1918.

Anémone me téléphone régulièrement. Depuis la mort de notre mère, elle a pris en charge, mais sans s'en prévaloir, le rôle de chef de famille. Il ne manque pas de semaine sans que j'entende sa voix. Elle m'interroge sur ma santé, mon travail, ma fille.

« Mon petit frère ! », s'exclame-t-elle avec tendresse, comme si elle n'avait que moi dans sa vie. Je lui rends très mal son affection. Dès mon arrivée à Aubenas, je lui ai demandé de me confier ses propres classeurs, enfin, ceux qu'elle a elle-même constitués. Elle a vidé une vieille valise et me les a tendus. Elle connaît mieux que moi la vie de notre père, grâce aux lettres que s'échangeaient Félix et ses parents. Il y a quelques années, ma sœur en a résumé l'essentiel dans des cahiers illustrés de photos qu'elle destine, dit-elle, à nos descendants. Modeste, elle affirme n'avoir pas fait œuvre littéraire. Ses récits ne seraient qu'un devoir de mémoire. De là, à se porter gardienne du temple paternel, il n'y a qu'un pas. Alors que nous évoquions le passé, elle a posé sa main sur les classeurs :

« Que comptes-tu faire de tout ça ? Je ne voudrais pas que... »

Méchamment, j'ai aboyé :

« Tu ne voudrais pas quoi ? Je ferai ce qu'il me plaira. Toute reprise est trahison. Toi-même tu as sélectionné certains passages plutôt que d'autres. Tu as interprété et même tronqué la vérité. Par omission. Ton devoir de mémoire, tu peux te le mettre où... » Je me suis arrêté. Elle me regardait en tremblant, les yeux agrandis par le chagrin. Mes paroles fratricides l'avaient réduite au silence. J'ai entassé les classeurs dans ma voiture et je suis parti. Comme un voleur. Je l'avais blessée, je l'avais meurtrie. Quel salaud !

Derrière ma contrition, le diable me soufflait déjà une nouvelle attaque.

« Pourquoi te soupçonne-t-elle toujours de vouloir violer la mémoire familiale ? Tes intentions sont nobles. Quand tu es né, ton père était déjà vieux Il te considérait comme un don du ciel. Un fils conçu sur le tard, après la tourmente de la guerre de quarante. Le petit Lucas s'était annoncé alors qu'on ne l'attendait plus. Un garçon après trois filles, gâté, pourri. Par ses parents, par ses sœurs aînées... »

La voix diabolique continuait à susurrer :

« Tu voudrais découvrir ton père jeune, insouciant, amoureux, dans la fleur de l'âge. Celui que tu avais lorsqu'il est mort... »

J'ai ravalé ces semblants d'excuses. Ma vie n'a pas été un long fleuve tranquille. Je sais bien que mes frasques jettent de l'ombre sur notre famille sans histoires. À moins que cette histoire ne soit encore à écrire.

Jean-Christophe

Il me fallait tout recommencer à zéro. Éventrer la fourmilière. Traquer les secrets emprisonnés dans les jambages de chaque caractère. Disséquer la cohorte de mots. Décrypter lettre après lettre, et quand j'aurais mis fin à ce travail de fourmi, je recommencerais et je lirais entre les lignes. Pour deviner ce qu'il n'a pas écrit. Pour imaginer ce qu'elle lui a répondu. En parallèle, je lirais les lettres de Félix à ses parents. Je trouverais dans les classeurs de ma sœur la silhouette de Sibyl telle qu'il l'avait dépeinte à sa mère, comme les ombres dans la caverne de Platon. Si je n'arrachais pas leur secret, j'aurais au moins gagné un père éternellement jeune, dans son pantalon blanc et sa chemise à col cassé. Pour le retrouver, le vieux fils allait se couler dans la peau du jeune père.

« Dis-moi ce que tu lis, je te dirai qui tu es. » Je m'imprègnerais des lectures qu'ils commentaient à tour de rôle. À l'époque on lisait Anatole France et Ernest Renan. J'ai commencé par *Jean-Christophe*. Un roman-fleuve, un des premiers du genre dont Zola avait donné le ton. L'auteur a distillé sa prose durant les années qui ont précédé la Grande Guerre. Dix livres aujourd'hui reliés en un seul, un pavé de près de mille cinq cents pages.

J'en ai fait un pensum. Parce que l'auteur, Romain Rolland, était le maître à penser de Sibyl et Jean-Christophe son modèle. Parce que les deux épistoliers le mentionnaient souvent dans leurs lettres. Parce que les idées de ce grand écrivain avaient été tellement combattues qu'il s'était réfugié en Suisse pendant la guerre. Son humanisme et son pacifisme baignaient toute la ville de Genève où Félix et Sibyl venaient de se rencontrer. Il venait d'y publier son pamphlet célèbre, *Au-dessus de la mêlée.*

Le pensum s'est vite transformé en plaisir et en admiration. Que d'énergie déployée tant par l'écrivain dans cette vaste fresque que par son héros, ce musicien allemand au destin tourmenté ! Qu'y avait-il de commun entre Jean-Christophe Krafft, fils d'un violoneux alcoolique, et Félix Wanderer auquel son père n'avait jamais rien refusé ? Le premier est contraint de gagner sa vie et celle de sa famille dès l'âge de treize ans, grâce à la musique. Le second, mon père, est né avec une cuiller en vermeil dans la bouche, dans un milieu bourgeois et une famille aimante. Son père lui offre les études auxquelles il n'a lui-même pas eu droit, des voyages à l'étranger, des largesses inhabituelles pour l'époque.

Alors ne serait-ce pas plutôt Sibyl que je retrouvais dans le personnage de Jean-Christophe ? Sibyl, l'écorchée vive, Sibyl qui se dérobe et se camoufle entre les lignes des lettres de Félix, et pour qui l'art sera le seul remède capable de panser les souffrances cachées.

J'ai une amie

En épluchant les classeurs subtilisés à Aubenas, je suis devenu orpailleur. J'ai secoué mon tamis pour y découvrir les pépites. Félix, dont les oreilles ne perçoivent qu'atténué le bruit des canons, raconte ses journées par le menu à ses parents. La lettre où j'ai trouvé la première paillette d'or est postée de Genève où le jeune homme séjourne en quasi dilettante. La frontière entre la Suisse et la France est à nouveau fermée. Impossible de rentrer à la maison, Marseille, où travaille son père. La guerre bouleverse tous les projets. Qu'importe !

La petite phrase anodine m'attendait dans le troisième classeur. *Ici, à Genève, je n'ai pas d'ami intime, mais j'ai peut-être beaucoup mieux. Depuis peu de temps, j'ai une amie... et charmante encore.*

La correspondance de Sibyl est restée introuvable. Perdue, déchirée, brûlée ? Peine perdue pour les auteurs de ce pur sacrilège. D'autres indices demeurent que n'ont pas décelés les censeurs, quels qu'ils soient. Avant de rentrer dans le vif du sujet, Félix noie l'information dans un feuillet de digressions sur ses partenaires précédentes. Les jeunes demoiselles avec qui il allait danser à Saint Gall... Candide, il avoue : *on n'apprend pas à connaître les filles par les livres. Grâce aux cours de danse, j'ai appris les manières (!) et perdu ma timidité. Mais quelle différence entre elles et la jeune fille dont je viens de faire la connaissance !* Il s'avoue impressionné par *sa vivacité d'esprit, son ironie spirituelle* (mon jeune père ne craint pas les pléonasmes), *ce feu d'artifice intellectuel...*

Il a enfin trouvé une interlocutrice avec qui discuter de tous les sujets qui le passionnent. *C'est la première fois que cela m'arrive, la réciprocité des sentiments... Hier, nous avons fait une balade à la campagne. Peut-être qu'on pourra se voir dimanche. Depuis quelques jours, nous voici déjà intimes...* Ouille! Je voyais d'ici ma grand-mère Adrienne froncer le sourcil! Félix en avait-il trop dit? Il se hâte de rassurer sa mère. *J'espère ne pas vous avoir donné d'idées fausses. Il n'est pas question d'amour là-dedans. Vous en aurais-je parlé autrement?* L'argument est adroit, mais est-il suffisamment convaincant?

Je contemplais mes pépites, lorsqu'Iris a fait irruption dans mon bureau. Iris, ma fille aux cheveux fous, au langage de corps de garde. Je lui ai raconté l'histoire de son grand-père, des lettres retrouvées. Sans m'avoir demandé la permission, elle a lu le texte affiché sur mon écran et déclamé en éclatant de rire. :

«*J'ai perdu ma timidité... nous voici déjà intimes...* Tu crois qu'il a perdu autre chose? J'aurais été Adrienne, je lui aurais immédiatement envoyé une boîte de capotes!»

Iris sera bientôt majeure. Elle prend la pilule depuis l'âge de quinze ans et ne se gêne pas pour ramener des garçons dans sa chambre sous mon toit. Mais elle ne sait pas que la langue évolue, que les mots d'aujourd'hui ont une autre signification que ceux d'autrefois. Elle manque aussi complètement de respect envers moi et préfère m'appeler Lucas plutôt que papa, signe pour elle que l'âge ne me confère aucune prérogative.

Je n'ai pas relevé son impertinence. J'avais plus important à traiter, l'inquiétude d'Adrienne. Son fils temporise et cherche à la tranquilliser. Mais non, pas d'amourette dans leur amitié! *C'est un vieux préjugé de penser que dans des rapports de ce genre, vienne tout de suite une pensée d'amour et que l'on songe tout de suite au mariage.* Leur amitié commune comble leur double solitude puisque les parents de la jeune fille habitent loin de Genève. *D'ailleurs, elle est un peu plus âgée que moi, elle est mûre pour le mariage et je ne suis qu'un jouvenceau. Mon cœur n'est pas pris.*

Iris est partie en coup de vent mais si elle était restée chez moi, ce soir-là, je lui aurais rappelé qu'en 1918, le mariage, et sans préservatif, était le seul viatique proposé à des jeunes gens épris.

Polisson

Malgré ses dénégations, peut-être ne les a-t-il articulées que pour égarer sa mère, le jouvenceau semble bien accro. Ses premières lettres à Sibyl sont touchantes. *La ville de Genève était bien morne... Je suis allé à la gare pensant vous y voir avant votre départ...* Emprunterait-il les vers d'Antiochus s'il en était autrement ?

Je vous redemandais à vos tristes états.
Je cherchais... la trace de vos pas !

Pourtant, sa nostalgie ne dure pas, vite remplacée par l'espoir. Celui de la prochaine rencontre. Le voici brodant ses phrases autour de ce projet. Une rencontre de leur association d'étudiants est prévue dans une petite commune campagnarde, Bercher, au nord de Lausanne. La *Chère Demoiselle* de la première lettre est devenue *Chère Mademoiselle et Amie* dans la suivante, toujours avec des majuscules. Tant de familiarité lui a-t-elle déplu ? Soudain, Sibyl souffle le chaud et le froid. Le jouvenceau décortique laborieusement chaque phrase de sa correspondante. Le trouverait-elle collant, ainsi que me le suggère Iris au téléphone ? *Vous me dites que nous nous entreverrons à Bercher mais que nous n'y bavarderons pas, qu'il me restera peu de chose d'une brève rencontre.*

Lui imposerait-elle une *rupture de leurs relations épistolaires* ? Plus loin, l'optimisme reprend le dessus. Il est de joyeuse humeur et décide d'arrêter là ses supputations et de laisser déborder son bonheur. *Je me réjouis tellement d'aller à Bercher. Ce n'est pas pour les conférenciers, mais simplement parce que j'espère vous y revoir.* Sa franchise va être payante. La réponse de la Chère Amie, c'est ainsi que désormais elle figurera sur toutes les lettres suivantes, les formules cérémonieuses ont passé à la trappe, est un baume sur son cœur. *Rarement je n'ai eu autant de plaisir qu'en lisant votre missive.*

Il lui ouvre son cœur comme il ne l'a jamais encore fait. Il est seul à Berne où il va préparer sa licence. Isolé, étranger dans cette ville froide et inconnue. Ces sentiments l'assaillent, surtout le soir, lorsqu'il réfléchit au sens de la vie, de ce monde qu'il ne comprend pas, *irréel autant qu'indifférent*. Il aimerait se confier et trouve un remède souverain. Il lui écrit *mentalement* et ses idées redeviennent alors gaies et insouciantes. Il a l'impression de bavarder avec elle. Toutefois ses craintes de la décevoir reviennent en foule. Il a l'impression de poser et de forcer certains traits de son caractère afin qu'elle lui attribue des qualités qu'il ne possède pas. Il s'en sort par une pirouette attendrissante. Une phrase d'elle l'a ému, elle l'a traité de... *polisson!*

À ce stade, j'ai éclaté de rire et je suis allé me servir un verre de vodka. Qu'ils sont gnangnans tous les deux avec leurs mots désuets, leurs idéaux, et leurs *discussions sociales* (sic)!

Iris m'a rappelée. Elle me surprend. C'est bien la première fois qu'elle s'intéresse à mon travail. La pauvre! Elle n'a jamais connu son grand-père. Et son père est aussi vieux qu'était le mien lorsque j'avais l'âge de ma fille.

« Papa, tu déconnes grave! Ils ne sont pas gnangnans, pas plus que toi! » Et toc... une petite flèche empoisonnée au passage!

Elle a repris:

« Polisson? Jamais entendu ce mot. Cherche sur Internet. Tu seras sans doute surpris. Moi, je l'aurais traité de connard, ton Félix, et vraisemblablement, il m'aurait envoyé dinguer. Comme tous les autres... » Inutile de censurer le vocabulaire de ma fille et de reconstituer son tableau de chasse. Ce serait trop long. Mais son conseil s'est révélé judicieux. À ma grande surprise, les auteurs de dictionnaires sont prolixes et les significations du mot polisson beaucoup plus diverses que je ne l'aurais pensé. Autrefois le mot polisse, à ne pas confondre avec police, censée être gardienne de l'ordre public, signifiait l'action de vendre les hardes reçues en aumône. Par extension, le polisson est l'enfant qui traîne dans la rue, à la fois espiègle, turbulent, fripon et même licencieux !

J'ai dit à Iris :

« Sibyl voit en Félix un jeune homme encore un peu immature. Ne s'écrie-t-il pas comme un gamin, *Alors Bercher approche ! Je me suis inscrit à la course de chars !* »

Le mirage

Mais Bercher n'aura pas lieu. La guerre, même proche de son terme, entraîne derrière elle un nouveau lot de souffrances. Les soldats suisses ne se sont pas fait charcuter dans les tranchées, mais les jeunes mobilisés, chargés de défendre la neutralité et l'intégrité de leur pays, n'ont rien pu faire contre les microbes qui se moquent bien des frontières. La grippe espagnole se propage d'abord aux confins du Jura où sont internés les soldats et les déserteurs des deux camps, puis elle gagne tout le pays.

Plus de sept cent mille personnes tombent malades. Plus de vingt mille meurent en Suisse, durant la seule année 1918. Une première vague déferle dès le mois de juillet. La grippe n'a pas attendu l'hiver, une saison dont elle est plus coutumière. Tandis que Félix taquine les fourmis sur la pelouse de son hôtel, Sibyl passe l'été à soigner sa famille. La bourrasque balaye la ville de Genève dont le gouvernement prend des mesures préventives. Elles vont bouleverser tous les calendriers. Assemblées, réunions, fêtes, représentations de cinématographe, concerts, cultes et bals sont désormais interdits. Même la sacro-sainte fête nationale du Premier Août est reportée... à l'année suivante. Le peuple ne peut ni se divertir ni pratiquer. Il aurait pourtant bien besoin de l'aide de son Dieu ! Les médecins, qui ignorent l'origine et la nature du virus, se révèlent totalement démunis devant le mal. Les cortèges funèbres envahissent le quotidien. Par mesure de précaution, les rassemblements étant propices à la contamination, ils ne doivent pas excéder cinq personnes. On préconise des remèdes de bonne femme, croquer des oignons ou s'entourer le cou d'un collier de camphre.

Le congrès de Bercher est annulé, les écoles et les universités sont fermées, les cours ajournés sine die. Les étudiants sont confinés chez eux. Sibyl doit reporter son retour à Genève. Que faire, sinon attendre des jours meilleurs dans sa ville jurassienne ? À Berne, Félix soliloque. Le mirage de la rencontre à Bercher s'est évanoui. L'espoir de retrouvailles recule tant que les cours ne reprendront pas. Son amie est transformée en garde-malade auprès de ses parents. Autant reprendre leur sport favori, l'introspection à deux voix. Il recopie un constat de Sibyl qui ne laisse pas de le surprendre.

Vous possédez à un rare degré la capacité de ne vous ouvrir point... Ne serait-ce pas l'inverse ? Alors qu'il se reproche constamment non seulement de trop parler de lui, mais aussi de l'inciter à ne la faire parler que de lui. *Alors que nous nous occupons beaucoup moins de vous-même. Le moi est haïssable et il me semble pêcher bien souvent... j'ai une vanité peu ordinaire.*

Loin de tenter d'y voir plus clair en son amie, mon jeune père continue à s'interroger sur lui-même. Il n'a ni l'impression de se renfermer ni de rien lui cacher. Et l'auto-contrition se poursuit. *J'essaye de dissimuler ce que mon ambition et mon égoïsme pourraient avoir d'ennuyeux pour les autres.* Mais cette séance d'introspection l'empêche d'approfondir ce qui pourtant ne cesse de le surprendre chez la jeune fille, ce voile de tristesse insondable qui ombre son regard. Foncièrement paisible et heureux, Félix se plaît à paresser le long de *la route épicurienne et dorée, loin des passions.* Et c'est en pensant à elle qu'il ajoute galamment. *La douce mélancolie qui frange les bords du paysage ne fait que le rehausser.*

Plus tard, il relit sa lettre et se trouve grotesque. La lui enverra-t-il ? Il est certain qu'elle ne la lira pas. Auprès d'elle, il se sent pataud, bébé. Les mots sont là, articulés, immortalisés sur la page griffurée de pattes de fourmis. Qui plus est, le bébé réclame un doudou, la photo de l'icône. Elle lui a promis de lui envoyer l'instantané où elle figure avec son béret rouge.

Malgré les hésitations, la lettre a bel et bien été envoyée. Après l'avoir lue, Sibyl l'a remise dans son enveloppe et archivée dans le carton où je puisais, l'une après l'autre, ces confessions d'un autre siècle.

Le béret rouge

Le Petit Prince a découvert un jardin de roses. Elles sont semblables à sa rose, la sienne, celle qu'il a laissée sur sa petite planète. Il les insulte : « *Vous êtes belles mais vous êtes vides… à elle seule, ma rose est plus importante que vous toutes* ».

Il y a des dizaines de bérets rouges dans la ville de Berne. À la mode en cette fin d'année 1918. La vue de l'un de ces petits couvre-chefs évoque pour Félix la silhouette aimée apparaissant sur la promenade des Bastions. Les bérets bernois sont pareils à celui de Sibyl mais, comme la rose de Saint-Exupéry, la tête qu'il coiffe est unique.

Soudain mon père m'entraîne sur une piste nouvelle. *N'avez-vous pas remarqué qu'avec chaque personne, la conversation, même écrite, prend un tour particulier ? Lorsqu'on écrit à deux personnes à la suite, on sent le contraste. Que ces compartiments étanches paraissent drôles, révélant la multiplicité de la personnalité !*

Puisqu'il me le suggérait, j'allais provisoirement abandonner son amie pour me plonger dans les classeurs d'Anémone et les lettres adressées à ses parents. À mon tour de m'étonner. Les deux correspondances paressent sur le même papier, les feuillets sont recouverts de la même écriture soignée et sans ratures. Mais s'agit-il du même auteur ? Félix est un parfait caméléon. Pour Sibyl, les actes de contrition, les confessions, les aveux. Aux parents, les budgets et les projets d'études, ceux-ci justifiant ceux-là. Les missives filiales sont peuplées d'anecdotes. Il faut meubler et surtout distraire une mère atteinte de neurasthénie qui attend les missives du fils adoré avec toute l'impatience d'une femme désœuvrée.

Aucune évocation de sa solitude, mais l'énumération des nombreuses connaissances qu'il vient de faire à Berne. Il se promène sur les bords de l'Aar et s'achète un chapeau de feutre pour braver les intempéries. Il envisag l'acquisition d'une nouvelle paire de bottines car les siennes se sont fendues et les coutures sont apparentes. Impossible de s'exhiber ainsi à l'Université ! Les nombreuses sorties prévues pour l'hiver nécessitent l'achat d'un smoking. Un étudiant bourgeois ne peut s'en passer pour aller au spectacle ou participer à des festivités. L'investissement oscille entre deux cent trente et quatre cents francs. Une petite fortune ! Félix court toute la ville. Prend l'avis de sa logeuse. Fait estimer l'étoffe par trois amis différents. Bref, il s'entoure de toutes les précautions pour une acquisition aussi dispendieuse. Il se décide enfin. Mais pas question de prendre le tailleur le moins cher et de se retrouver vêtu d'un sac ! Coup de chance, on lui propose le dernier bout d'un rouleau. Comble de l'économie, il choisit une doublure en laine solide et brillante plutôt que de la soie plus appropriée à ce type d'habit. Il annonce, triomphant, que *le prix ne sera au final que de deux cent quatre-vingts francs !*

En relisant ces correspondances miraculeusement rassemblées, j'avais l'impression d'avoir sous les yeux un improbable diptyque. L'être et le paraître. Côté cour, côté jardin. Privilège unique que me confiait cette double intimité réunie par miracle sous mon regard incrédule !

Grève générale

Bientôt, les occasions de porter un smoking se font rares. En ville, la rue s'exprime et les bourgeois se terrent dans leurs maisons. La grève générale s'étend de Zurich à Berne. Le gouvernement mobilise les troupes prêtes à charger contre les émeutiers. Les motifs de grogne sont nombreux. Le prix des denrées est en ascension libre, tandis que les salaires des ouvriers ont dégringolé. Les socialistes ont présenté un catalogue de revendications. Il reste sans suite. Ces souhaits, parmi lesquels le droit de vote des femmes et l'assurance vieillesse, paraissent aujourd'hui bien peu révolutionnaires. Ils devront pourtant attendre plusieurs décennies avant de se concrétiser.

Alors pétard mouillé, la menace de paralyser le pays ? Les syndicats se targuent d'avoir convaincu deux cent cinquante mille grévistes. Pour contrer les *anarchistes*, le gouvernement mobilise quatre-vingt-quinze mille hommes. Dès le 13 novembre, le calme revient. La population, les paysans n'ont pas suivi les appels à cesser le travail. On aime l'ordre en Suisse. Même parmi les soldats, le courant antimilitariste et pacifiste a fait long feu. La cavalerie caracole dans les rues de Berne. *Tout est bien*, écrit Félix à ses parents pour les rassurer. Il se garde bien de répéter les mêmes propos à Sibyl dont il connaît les idées socialistes.

Un événement international est venu parasiter les cris des émeutiers. L'armistice du 11 novembre ! La foule bernoise se presse devant les marchands de journaux pour en connaître les conditions. La fin des hostilités annonce les lendemains qui chantent. Des drapeaux français et des gerbes d'œillets rouges et blancs gansés de rubans bleus ornent les vitrines.

Avec un brin d'humour, Félix constate que, malgré l'interdiction des rassemblements, les gens s'agglutinent pour être sûrs d'attraper la grippe. Humour noir, car la maladie poursuit implacablement sa course. Une deuxième vague, encore plus meurtrière que la première et favorisée par la récente mobilisation des troupes contre les émeutes, est en train de s'abattre sur la Suisse, comme sur l'Europe entière.

Félix a trouvé un remède qu'il pense infaillible pour éviter le mal. L'huile de foie de morue. Elle remplace avantageusement le beurre et nul besoin de ticket de ravitaillement pour s'en procurer. Mais elle coûte cher, neuf francs le litre ! Un détail scrupuleusement consigné dans le budget du mois d'octobre avec une demande de rallonge paternelle, car les prix continuent de grimper et s'alimenter devient un véritable casse-tête.

Les Dieux étaient jaloux

Soudain tout se bouscule, reléguant au second plan grève, grippe et armistice. Sibyl annonce qu'ils vont pouvoir se retrouver. Enfin ! La rencontre aura lieu, le mardi suivant, à Neuchâtel. À mi-chemin entre La Chaux-de-Fonds et Genève où les cours vont reprendre. Notre jouvenceau compulse frénétiquement les horaires de train. Il élucubre toutes les combinaisons qui leur permettraient de rester trois heures de plus ensemble ! Le temps est incertain. Difficile d'imaginer déjà le programme de la journée. Pourquoi ne pas pousser jusqu'à Morat et Fribourg pour visiter ces deux jolies petites villes ?

Hélas ! Pas plus qu'il n'y a eu de Bercher, il n'y aura de Neuchâtel, de Morat ou de Fribourg. Lundi soir, Félix grelotte de fièvre. Il est hospitalisé d'urgence à l'hôpital. L'huile de foie de morue n'a pas donné la preuve de son efficacité ! La grippe espagnole l'a rattrapé ! La promenade tant attendue, la rencontre avec l'Amie sont une nouvelle fois repoussées. La pilule est amère. Mardi matin, le soleil brille à travers le carreau et nargue le jeune alité. Patiente, la grande faucheuse attend, tapie dans un coin de la chambre du malade. La broncho-pneumonie s'est déclarée, le thermomètre atteint des records, dépasse les quarante degrés. La sœur infirmière, qui veille à son chevet, change chemise et draps trempés quatre fois dans la même journée. La jeune fille effleure de sa coiffe blanche le visage de son patient et craint le pire. Au sixième jour survient toujours une dernière crise, fatale ou pas. Arrivera-t-il de l'autre côté du pont ou fera-t-il le grand plongeon ? La passerelle vacille, mais le cœur ne lâche pas. Il est sauvé !

À peine remis, le premier pli du malade est pour Sibyl. Encore sous le coup de la tragédie évitée de justesse, Félix évoque l'Olympe, *les Dieux étaient jaloux*... Colère divine ou simples statistiques ? Jusque-là, il était passé entre les gouttes, mais les gouttes sont serrées. Une personne sur deux en Suisse a contracté la maladie. Dans les régiments de ses amis étudiants, l'hécatombe est impressionnante. Simple malade civil, mon père jouit pourtant d'un traitement de faveur. Hôpital de première catégorie, chambre privée, visites quotidiennes de deux médecins, régime alimentaire amélioré dès qu'il se sent mieux afin de rattraper sa perte de poids. Les jeunes sœurs qui le soignent appartiennent à la Croix Rouge. Il est leur chouchou et discute philosophie avec celle qui le veille, la nuit. Félix verra la différence, lorsque guéri, il rendra visite à un lieutenant de ses amis hospitalisé dans un sanatorium. Le pauvre ! Les sœurs catholiques sont vieilles et vêtues d'habits noirs. Évoquant la coiffe blanche de sa jeune infirmière, il apprécie sa chance.

Par quel miracle mon père a-t-il bénéficié de tous ces privilèges alors que les malades civils, trop nombreux, s'entassent dans les dortoirs des hôpitaux ? Que les soldats sont regroupés dans les casernes, les collèges, voire des salles de concert, hâtivement aménagés ? Qui est intervenu pour obtenir autant de passe-droits ? J'écarte de mes hypothèses ses parents trop éloignés qui ne sont pas encore informés. Ils n'auront connaissance de sa maladie que lorsque leur fils sera déjà guéri. Mes soupçons se portent sur la logeuse. Lorsque, ce fameux lundi, son pensionnaire favori n'est pas apparu au repas du soir, elle sera allée frapper à sa chambre et l'aura découvert fiévreux, macérant dans une sueur aigre. Que faire sinon prévenir les autorités sanitaires et chapitrer les brancardiers pour qu'ils l'emmènent dans le meilleur hôpital de la ville ? Si Félix Wanderer vient de se faire faire un smoking dont il lui a fait tâter l'étoffe de première qualité, il doit avoir droit à tous les égards dus à un fils de riches. Malgré le dicton, l'habit peut faire le moine, surtout lorsqu'il est doublé de laine !

Une longue missive permettra à Adrienne de s'imprégner de tous les détails de cette hospitalisation de luxe. Elle pourra savourer chaque ligne car rien n'est assez beau et assez bon pour son fils chéri. Toutefois, inutile de l'inquiéter après la bataille. Félix est suffisamment adroit pour faire de sa maladie une partie de plaisir et, pourquoi pas, une charmante villégiature ! Il n'a pas souffert, on le cocole, on lui écrit, il reçoit des visites, des cadeaux, il bouquine. Et pour que ses parents soient bien convaincus par ses dires, il signe sa lettre *Un Joyeux convalescent* !

Quant à la douce amie, il connaît trop bien ses inclinations politiques et sociales. Habile, il lui cache aussi bien les faveurs que les attentions dont il a été l'objet. Elle ne saura rien de la coiffe blanche ni du pot de miel expédié de Saint-Gall par une jeune demoiselle avec laquelle Félix dansait l'hiver précédent.

Pourquoi s'inquiéter ? C'est en recevant les cadeaux de Sibyl, son livre préféré et des chrysanthèmes jaunes, que son cœur a vibré.

Chatterton

J'ai lu la pièce d'Alfred de Vigny. Je devais bien cela à Sibyl ! Elle a envoyé au jeune malade son propre exemplaire de Chatterton, annoté de sa main. Le présent n'en est que plus précieux. Le livre est imprimé dans une collection miniature, la couverture est or pâle de la même couleur que les chrysanthèmes. La coiffe blanche a posé Alfred de Vigny et les fleurs sur le rebord de la fenêtre. Félix peut à loisir passer de sa lecture à la vision du bouquet.

Quatre-vingt-dix ans plus tard, je me suis interrogé sur les cadeaux de Sibyl. Un choix bien morbide ! Est-elle à ce point alarmée par la nouvelle et a-t-elle cru que son ami allait passer l'arme à gauche pour lui envoyer des cadeaux doublement empoisonnés, la fleur du deuil et l'histoire d'un suicidaire ?

Autre hypothèse plus subtile. Le souhait sans doute inconscient de faire passer un message chargé de symbole. Pense-t-elle à leur propre relation en lui donnant à lire une pièce de théâtre où les deux héros, Kitty et le poète de dix-huit ans, ne s'avouent jamais leur amour ?

Ou encore, plus machiavélique, cherche-t-elle à lui montrer la vilenie du bourgeois riche et sans scrupule enrichi sur le dos de ses ouvriers, l'ignoble John Bell ? Stigmatisant ainsi la profession de négociant dans laquelle va s'engager son jeune ami et démontrant, a contrario, que Chatterton, le poète romantique, " *qui lit dans les astres la route que nous montre le doigt du Seigneur* " ferait un amant plus à son goût ?

Pourquoi chercher des poux sous le béret de Sibyl ? Apprenant la nouvelle, elle ne cherche qu'à faire plaisir à son ami malade. Elle s'empare dans sa propre bibliothèque d'un livre qu'elle chérit puisqu'elle en a souligné plus d'un passage. Puis, avant de passer à la poste, elle achète une des rares fleurs en vente chez sa fleuriste chauxoise, en ce mois de novembre, le chrysanthème dont la couleur dorée va remplir de soleil les yeux de Félix.

Iris a débarqué à l'improviste. Comme d'habitude.

« Tu peux me filer de la thune ? J'aimerais m'acheter le DVD de Minority Report. Trop génial ! Prévoir les crimes pour mieux les prévenir. Plus tard, je serai criminologue. »

Aïe… j'étais mal parti ! Coincé entre Sibyl lisant dans les étoiles le chemin que nous trace le doigt divin et Iris anticipant les crimes de personnes encore innocentes…

Ma fille s'est appuyée sur mon épaule pour lire à l'écran le chapitre fraîchement rédigé. « Chatterton ? Connais pas, a-t-elle avoué, mais Alfred de Vigny, c'est trop bien ! On vient d'étudier *La Mort du Loup* en classe. »

Les nuages couraient sur la lune enflammée
Comme sur l'incendie on voit fuir la fumée…

Iris est moins incurable que je ne le pensais. À son habitude, elle m'a suggéré : « Pourquoi t'irais pas surfer sur le site de la signification des fleurs ? Chrysanthème, ça va certainement t'inspirer. » Sitôt dit, sitôt fait. Sans égard pour mon précieux outil de travail, elle a posé sur le clavier un index encore collant de sa tartine de Nutella et basculé sur le site en question. Surprise ! D'après la Toile, chrysanthème signifie *Je t'aime*. J'ai embrassé Iris et lui ai donné les trente francs qu'elle avait mendiés. Bien mérités !

Parenthèse socialiste

Il s'est glissé dans la salle de congrès sans éveiller l'attention des plantons de service. *En cachette*, écrit-il à son amie. Ils sont tous là, les délégués socialistes des pays de l'Entente et ceux en provenance des pays vaincus. Réunis à Berne, en ce mois de février 1919 pour donner du souffle à la Deuxième Internationale. Félix écoute les discours. Il observe et s'étonne. Les congressistes portent habit et cravate. Ils ont l'air de bons bourgeois. À l'exception du plus extrémiste d'entre eux, ce Kurt Eisner *à la tignasse ébouriffée* qui vient de mettre à genoux la monarchie bavaroise.

Mais comment s'entendre lorsque personne n'est d'accord ? Les uns ont approuvé l'entrée en guerre de leurs pays respectifs et voté *l'union sacrée*. Les autres se sont faits les chantres du pacifisme, ils ont été dénoncés comme traîtres. Ils penchent vers un socialisme dur et veulent se rapprocher des révolutionnaires russes, les bolchévikis, comme on les appelle en ce temps-là. Mon jeune père, qui se nourrit du bréviaire capitaliste prodigué par ses professeurs bernois, estime que tous ces théoriciens manquent des connaissances économiques les plus élémentaires. *Ils ne se prononcent que sur des réformes sociales bien nécessaires,* écrit-il pour rassurer son amie.

D'où vient cet intérêt subit pour les mouvements de gauche, le progrès social ? Est-ce une nouvelle lubie chez ce jeune homme curieux de tout, qui a suivi les cours les plus hétéroclites durant son semestre sabbatique à Genève et qui apprend les langues vivantes aussi vite qu'on sait monter à vélo ? Sibyl n'est pas étrangère à ce nouvel engouement. Elle lui a envoyé la copie d'un article de sa plume. Le premier d'une longue série, je l'apprendrai bien plus tard par Cécilia. Un texte qu'elle a intitulé *L'Éternel Retour*. Félix n'aura alors qu'une seule idée en tête. Se procurer le journal *L'Aube* où la signature de son amie côtoie celles de Romain Rolland, d'Henri Barbusse et aussi celle de Jean Jaurès dont, à titre posthume, on publie *Le But*. Sobre mais explicite.

Sans aucun doute, le petit béret rouge de Sibyl affiche-t-il déjà la couleur. Voici que se dessine peu à peu le portrait en négatif d'une jeune femme combattante aux idées libertaires. Admiratif, Félix dévore la revue où se mélangent dans une étrange cacophonie les grands idéaux de l'après-guerre, les paradoxes et les dissensions. La revue cessera bientôt de paraître. Faute de moyens, sans doute. Qui voudrait financer des idées aussi transgressives ? La Suisse se refait une santé en ces lendemains de guerre difficiles, les lecteurs n'ont sans doute pas le temps de brasser trop de vent.

L'Éternel Retour

La littérature a aussi sa place dans la revue chère à Sibyl. On y lit des poèmes aux vers emphatiques, des pièces de théâtres où les bons sentiments fleurissent. Poètes et dramaturges sont aujourd'hui tombés dans l'oubli. Mais l'attention de Félix est accrochée par un article peu ordinaire. *En lisant Auguste Forel* relate les expériences de l'entomologiste suisse qui a consacré une partie de sa vie à étudier les fourmis. Selon Romain Rolland qui signe cette apologie, le savant *« lève un pan du voile de mystère qui couvre nos propres instincts »*. D'une fourmilière à l'autre, les races sont plus ou moins belliqueuses. Elles s'entretuent sauvagement et mènent des campagnes de conquête ou s'adoptent, cohabitent, collaborent et se caressent avec leurs antennes. L'instinct de guerre ne serait donc pas irréversible. Alors que la Grande Guerre se termine, le grand humaniste espère en tirer une leçon pour le genre humain. *« Derrière la fenêtre encrassée, l'air est lumineux »*, conclut l'écrivain.

Pacifiste dans l'âme, Félix Wanderer ne peut qu'adhérer à ces idées généreuses. Mais ce qui marche pour les fourmis est apparemment inefficace pour les hommes. La roue tourne et les hommes commettent les mêmes erreurs. Un constat amer que Sibyl énonce, avec beaucoup de délicatesse dans *L'Éternel Retour*. Joliment tourné, même si le style paraît désuet, ce petit essai sur le temps qui passe est plein de nostalgie. *« L'horloge tinte d'un son grêle et tremblotant. Les saisons passent et les printemps d'autrefois sont de vieilles histoires »*. La jeune fille se penche sur le passé mais appréhende aussi le futur. Telle une Cassandre moderne, elle remâche l'histoire de l'humanité et présage l'avenir. *« Un crime se commet peut-être à cet instant. L'Esprit de Caïn anime le fratricide. Un parjure renie son Dieu, c'est l'âme de Pierre. Un traître trahit, c'est l'âme de Judas. Ouvrant les yeux à la lumière, le César de demain vagit dans son berceau ».*

Sibyl est en train d'écrire Minority Report avant l'heure. Quelle intuition et quel pessimisme à la fois ! Rempli d'admiration, Félix la complimente pour son article mais, au détour d'une phrase, il s'inquiète. Pourquoi tant de fatalisme et de tristesse dans ses propos ? D'où vient cette douleur inexpliquée ?

Margot

Margot a sonné sans s'être annoncée. Pas dans ses habitudes !

« Je passe en coup de vent. »

Sans plus de précisions, elle a dit négligemment :

« J'ai un rendez-vous à Lausanne. »

Le coup de vent a duré plus de quatre heures, le rendez-vous invoqué vite oublié.

« Iris m'a appelée. Paraît que tu es plongé dans un drame d'Alfred de Vigny. D'ordinaire, tu es plutôt porté sur les polars ! T'es malade ? »

Alors, j'ai craqué. Malgré ma ferme résolution de ne rien montrer à mes trois sœurs, je lui ai fait lire mes Fourmis, nom de code de mes gribouillages.

J'ai avoué :

« Je m'embourbe dans ces lettres. Toutes ces discussions intellos me fatiguent. » Le nez dans mon brouillon, Margot n'a pas dit un mot durant toute sa lecture. À certains passages, un faible sourire s'esquissait sur ses lèvres. Ou alors, son front se plissait comme si quelque chose lui échappait.

La sentence est tombée.

« Il te faudrait une vie pour raconter celle de notre père. De toute façon, tous les biographes mentent. Ils mentent par omission. Par déformation. Par sélection. Par projection. Projection de leur propre vie, de leurs propres fantasmes, de leur culture, de leur époque. » Pragmatique, Margot a proposé de faire un thé. Nous nous sommes plongés dans nos souvenirs. Déçus de ne pas nous rappeler les mêmes choses, les mêmes anecdotes.

« Te souviens-tu des leçons de piano qu'il voulait à tout prix nous donner ? Inconsciemment, il chantonnait la mélodie. Un gargouillis de sons rauques. Ça m'horripilait », a dit Margot.

Lorsque mon tour d'évoquer mon père est arrivé, il est déjà âgé.

« J'ai toujours cette image dans la tête. Il est au fond du jardin en train de désherber la plate-bande d'iris. Pour être plus confortable, il a calé un vieux coussin sous ses genoux. Il chantonne et lorsqu'il me voit arriver, il brandit un ver de terre sur sa petite pioche. Je hurle et il éclate de rire. »

L'un après l'autre, nous avons secoué la tête, désespérés. Je ne me souvenais pas des répétitions de piano, ma sœur n'avait jamais connu l'histoire du ver de terre.

« Il était fait pour devenir négociant comme moi pour jouer du banjo, a poursuivi Margot. Tous ces diplômes prestigieux pour finalement importer du café et des cacahuètes et enrichir des entrepreneurs stupides et cupides !

— À ton avis quel métier Félix aurait-il voulu faire ? Entomologiste ? Psychiatre ? Politicien ? Diplomate ?

— Ou journaliste… Regarde son intérêt pour le congrès bernois de la Deuxième Internationale, après la guerre de 14.

— Et pourquoi pas clown, tant que tu y es. Quand il était en visite dans la ferme paternelle, la marmaille de sa tante grimpait sur son dos et lui demandait de faire l'âne ! Il savait braire, rugir, meugler, miauler…

— Il aurait pu briguer les postes les plus élevés. Je le vois bien professeur d'université, une des plus prestigieuses. Tiens, Harvard, par exemple. Il aurait publié les résultats de ses recherches. Il serait devenu expert mondial en économie. On lui aurait décerné le prix Nobel. »

Margot a secoué la tête.

« Tu ne referas pas l'histoire. Ne projette pas sur lui tes rêves ! »

Blaise

Avant de partir, Margot a feuilleté avec gourmandise le fascicule de *L'Aube*.

« As-tu remarqué que Sibyl mentionne *Le Livre de Blaise* dans son article sur l'Éternel Retour ? Héraclite est cité en exergue. N'était-elle pas un peu pédante ?

— *Le Livre de Blaise ?* Jamais entendu parler. » Pourquoi ma sœur se permettait-elle de critiquer Sibyl ? Personne en dehors de moi ne peut s'arroger ce droit.

« C'est un ouvrage délicieux. Je te l'apporterai. Un conseil en attendant. Abrège. Ton lecteur a envie de savoir si la rencontre va enfin avoir lieu et comment ça s'est passé. À force de le faire attendre, ton livre va lui tomber des mains.

— Le lecteur ? J'en suis au même point que lui ! Félix contemple son nombril. Sibyl est toujours aux abonnés absents. La revoir est devenu une idée fixe chez mon père. Mais chaque rencontre creuse un nouveau trou noir dans l'histoire. Quand ils se voient, ils ne s'écrivent plus. Et je reste sur ma faim. Je ne peux décrire que l'avant et l'après. Pour autant qu'il y soit fait référence dans une lettre. Le pendant, je ne peux que l'imaginer. Frustrant !

— Dis-toi que s'ils s'étaient vus plus souvent, comme des amis qui habitent la même ville, il n'y aurait pas eu de lettres. Celles-ci ne se nourrissent que de l'absence. » Sur cette belle lapalissade, Margot m'a planté un baiser sur la joue et filé… à son prétendu rendez-vous.

Félix va enfin pouvoir savourer le sien. Les retrouvailles sont prévues durant les fêtes de Pâques. L'hiver et la maladie, leur cortège de contretemps appartiennent au passé. Prudent, chat échaudé craint l'eau froide, Félix émet le vœu que le sort ne mette plus de bâtons dans les roues et balaie les appréhensions de son amie. Elle craint qu'ils ne se trouvent changés après cette longue séparation. *Peut-on se momifier en neuf mois ? Choisissez le beau temps. Je me réjouis beaucoup de la prochaine promenade en barque que nous ferons ensemble.*

Le mirage va devenir réalité. Pour moi aussi, c'était un mirage car comment dépeindre ce qui a existé entre deux personnes qui ne sont plus et qui, l'ayant vécu ensemble, n'ont pas éprouvé le besoin d'en consigner par écrit chaque détail ?

Seul indice, une promenade en barque.

En barque

Elle est à demi allongée en face de lui. Son visage est protégé par un chapeau de paille claire. Elle porte une robe blanche légèrement évasée vers le bas. À Rolle, où ils avaient rendez-vous, il a loué une barque et proposé de la porter du rivage sur le banc. Surpris par la tonicité de son corps, il s'est pris les pieds dans les galets, la barque a basculé, l'eau a giclé dans le fond de la barque. La mésaventure a brisé la glace, ils sont pris de fou rire. Elle écope vigoureusement mais l'ustensile qu'elle a trouvé est tellement petit que ses efforts sont peu efficaces. Un peu d'eau stagne au fond de l'embarcation. Ses bas de coton sont trempés. Il lui suggère de les enlever et, sans oser l'aider, regarde longuement comment elle s'y prend pour les rouler le long de ses jambes.

Elle est à demi allongée en face de lui. Les pieds nus de la jeune fille sont sagement repliés sous sa robe. Accrochés aux dames de nage, les bas sèchent au soleil. Ils écoutent le clapotis des rames lorsqu'elles fendent l'eau. Le jeune homme leur imprime le rythme de la Barcarolle de Chopin dont il fredonne l'air sans se soucier des fausses notes. Une mouette s'envole au-dessus de leurs têtes et son cri déchiquette le ciel. Ils s'éloignent du rivage. Félix a relevé les manches de sa chemise. Sibyl observe ses biceps tendus sous l'effort.

Elle pense :

Il ressemble au Rameur *de Caillebotte mais il lui manque le haut-de-forme.*

Il pense :

On dirait une de ces jeunes filles vaporeuses peintes par Monet dans Les barques à Argenteuil.

Leurs mains s'attardent sous l'eau dont les reflets ondoient dans la lumière du petit matin. Ils contournent la petite île de la Harpe où les saules pleurent en se mirant dans le lac. Ils se regardent, ils se parlent avec les yeux. Oubliées les conversations tant attendues sur la philosophie, la politique, la religion ! Elles n'ont plus leur place en ce moment de plénitude.

« Pas mal imaginé ! Digne de la collection Harlequin, s'est moquée Margot. Mais tu prends tes désirs pour des réalités. Tu t'enflammes, tu te fais tout un délire impressionniste sur une simple phrase. À croire que dans la liste des métiers que notre père aurait pu embrasser, tu as oublié celui de gondolier.

— Après la mort de maman, nous avons retrouvé un vieil album, rappelle-toi. Il avait une couverture à motifs façon cuir et des pages cartonnées. Les photos étaient enfilées dans des petits coins triangulaires dont la moitié étaient décollés. Félix aimait les thématiques. Que des jeunes filles et toujours dans des barques ! On peut parfois déchiffrer un nom sur le carton gris, Suzy, Heidi, Amy… Je ne me rappelle pas avoir lu le nom de Sibyl. On distingue mal les traits, tellement ils sont petits sur ces anciens clichés. Visages ronds, tresses sages pour les photos prises en Suisse. Chapeaux cloches, cheveux crantés sur les photos plus tardives. »

Ma sœur a ri :

« Voudrais-tu insinuer que Félix séduisait ces donzelles en les promenant sur l'eau, lac de montagne ou rivière américaine ?

— Je n'insinue rien du tout. Je constate. La barque faisait partie de son imaginaire onirique. Ce balancement, tel une barcarolle, pourrait bien être le symbole de leur amitié qui hésitait à devenir amour. Et cette eau, le miroir féminin dans lequel il se cherchait. »

Era

Car la rencontre tant attendue lui a donné des ailes. Imitant Sibyl, qui lui a offert Chatterton lorsqu'il avait la grippe, Félix invite Alfred de Vigny à s'exprimer pour lui.

Mais si Dieu près de lui t'a voulu mettre, ô femme !
Compagne délicate ! Era ! Sais-tu pourquoi ?
C'est pour qu'il se regarde au miroir d'une autre âme...

Faut-il prendre cet aveu poétique pour une déclaration en règle ? Era ou Héra, à ne pas confondre avec Aphrodite, sa rivale, mère d'Eros, est l'épouse légitime de Zeus et la gardienne de l'amour conjugal. Voilà tout un programme qui semble bousculer les propos antérieurs du jouvenceau. Quelques mois plus tôt, ne jurait-il pas à sa mère que son cœur n'était pas pris ? La promenade au bord du lac, dans la charmante bourgade de Rolle, à quelques encablures de Genève, aurait-elle bouleversé ses sentiments ? L'absence et les mirages successifs ont-ils exacerbé cette affection si présente entre chaque ligne ? L'admiration, ou plutôt l'adoration, se manifestent plus loin. *Le miroir est tellement limpide que l'ami peut à la fois y voir comment il est et comment il devrait être.*

Pourquoi alors cette mise en garde qui paraît infirmer tout ce qui précède ? *Continuez à être pour moi, et soyez pour d'autres, ce miroir si brillant et... n'apprenez pas encore à aimer. Le miroir se troublerait.* Diable ! C'est à y perdre son latin. Il est toujours sur les rangs, mais il l'encourage, à demi seulement il est vrai, à regarder ailleurs.

Devrais-je avoir à nouveau vingt ans pour comprendre, cette valse-hésitation ? La lettre est bourrée d'ambiguïtés.

Que représentait-elle pour lui ? Un confesseur, un guide spirituel, un mentor, une béquille intellectuelle, une Vestale ou plus simplement la femme qu'il voudrait épouser mais pas tout de suite... pas encore... il est trop tôt... Serait-ce tout cela à la fois ?

Aucune clé non plus du côté de Sibyl. Qui voit-elle en Félix ? Un jeune homme séduisant et sensible auquel elle n'ose pas avouer son amour ? Un jeune frère encore un peu immature, un ami véritable sur lequel elle peut compter ? J'en suis réduit aux conjectures.

Autant laisser à nouveau travailler mon imagination... La promenade a duré dix heures. *Un record*, s'exclame Félix. Ils s'étaient certainement levés très tôt ! Les bas de Sibyl étaient secs lorsqu'ils ont rendu la barque. Elle les a enfilés le long de ses jambes pâles sous le regard attentif du jeune homme. Ils ont emprunté des sentes parfumées. Les cloches de Pâques sonnaient dans les églises pour rameuter les fidèles. Libérés des feuilles blanches et de cette plume qui ralentit le flot de la pensée, ils ont parlé, parlé pour rattraper le temps perdu, jusqu'à ce que les mots assèchent leur bouche. Ils se seront alors assis à la terrasse d'un café et auront partagé deux décis de Vinzel accompagnés de quelques rondelles de saucisson vaudois.

Félix ne se pose pas autant de questions que moi. Pour lui, Sibyl est le modèle tout simplement. Elle est tout là-haut, déesse sur un piédestal. Lui, à ses pieds, gonflé de reconnaissance pour la force qu'elle lui insuffle, le temps qu'elle lui accorde. *La journée à Rolle a mis du soleil dans mon âme, la vie apparaît follement belle.* Et comme un enfant dont les yeux brillent devant l'arbre de Noël, il prend une bonne résolution. Il ne s'éparpillera plus, il va se concentrer sur ses études. Le classeur rouge en témoigne. Les heures dévolues à la correspondance sont provisoirement sacrifiées. La vie n'est plus que studieuse.

J'étais condamné à mettre ma curiosité en berne.

Sous le shako

Mais la nation veille. Le spectre de la guerre n'est pas loin des frontières. Il faut préparer la jeunesse suisse à défendre son pays. Félix a évité la mobilisation l'an passé, car la grippe a décimé les rangs des écoles de recrues. Il ne peut plus reculer, le service militaire l'attend. Au mois d'août, il est convoqué sous les drapeaux ou plutôt sous le shako. Certes, le casque d'acier est appelé à remplacer bientôt ce séduisant couvre-chef qui donne au soldat l'air conquérant d'un figurant d'opérette. Les bataillons d'hommes casqués, qui courent en rase campagne lors des grandes manœuvres, ressembleront alors à des processions de tortues plus adaptées à la jungle asiatique qu'aux feux de la rampe.

La compagnie du jeune homme, cantonnée dans la caserne de Frauenfeld, porte encore le shako. Preuves à l'appui. La Chère Amie peut admirer l'appelé et ses camarades en uniforme sur les photos glissées dans l'enveloppe numéro 22 par le fusilier Félix Wanderer. Le fusil est haut comme un gamin de douze ans. Posé au sol, il arrive sous l'aisselle de mon père. Pas facile à manier ! Sur le shako, deux fusils miniatures croisés sous la cocarde surmontée d'un pompon noir rappellent l'affectation du soldat. Fixée à la pointe du menton, la jugulaire amincit l'ovale encore poupin du visage de la jeune recrue. Une fine moustache souligne une virilité naissante. Les yeux fixent l'objectif avec le plus grand sérieux.

Car l'heure n'est pas à la plaisanterie. Levé à quatre heures du matin, trois s'il est de corvée de cuisine, astreint à six heures d'exercice physique et trois de corvée de nettoyage ou de séances de tir, le jeune soldat n'a droit qu'à deux heures de repos l'après-midi. L'école militaire n'a rien d'une balade champêtre. Félix a été affecté à une compagnie de carabiniers zurichois. Les officiers ont l'intention d'en faire des soldats d'élite prêts à l'assaut. Le lieutenant les réveille chaque nuit sans raison. Au petit matin, ils doivent dévaler les quatre étages de la caserne pour prendre une douche et les remonter en un temps record, moins de dix minutes ! De quoi perdre tous les bénéfices de cet arrosage éclair. Car, il fait très chaud à Frauenfeld, en ce mois d'août 1919. Le soldat sue sous le soleil et la révolte gronde dans les rangs. Ci et là, on entend murmurer un chant bien connu depuis la grève générale de novembre 18, *l'Internationale*. Le commandant s'alarme et décide d'adoucir le régime. À ce tarif, les muscles et les graisses ont fondu. Félix serre son ceinturon et ses cartouchières sur son corps amaigri.

Optimiste dans l'âme, mon jeune père prend la vie de soldat du bon côté. Il griffonne sa lettre à l'Amie dans le brouhaha de la chambrée. Dur l'exercice physique ? Il s'y est préparé depuis longtemps avec sa gymnastique quotidienne. Ennuyeuses les corvées ? Récurer un chaudron, faire la vaisselle, sauter, ramper, *c'est comme si je faisais une partie de tennis ! Quand je lave trois cents assiettes, j'ai tout le temps de laisser mon esprit vagabonder.*

Il avoue néanmoins sans honte qu'il ne se sent pas du tout l'âme militaire. À quoi sert d'apprendre à plier sa capote sans qu'un millimètre ne dépasse ? À quoi sert de subir les brimades d'un lieutenant qui aboie ses ordres comme un Feldwebel teuton ? Tout ça pour savoir tuer. Pour défendre le sol suisse et accessoirement protéger des sacs d'écus, l'économiste n'est pas loin !

Mieux vaut profiter de cette parenthèse imposée pour nouer des contacts et observer le genre humain. Sa section rassemble *des ouvriers et des artisans qui ne songent qu'à bien faire leur travail et que l'on s'attache par quelque bonne manière.* C'est joliment tourné mais légèrement condescendant ! Le correspondant de Sibyl ne peut se défaire des préjugés bourgeois inculqués par ses parents. Il se félicite d'avoir, parmi ses camarades, un jeune étudiant en chimie et un historien avec qui partager des conversations un peu plus relevées. Il les signale sur la photo de groupe. Sibyl pourra vérifier si leurs visages sous le shako semblent plus éveillés que ceux des autres.

Encore Blaise

J'ai laissé Félix récurer les chaudrons des fusiliers pour m'immerger dans la prose de Philippe Monnier. Margot vient de m'apporter *Le Livre de Blaise*. Sibyl est Genevoise d'adoption. Elle y potasse ses cours de maths en vue d'obtenir une licence. Elle griffonne des formules, des équations avec racines carrées sur l'enveloppe numéro 14 de son ami. Comment imaginer ses propres lettres introuvables, ses lettres improbables ? Les trous noirs syncopent les écrits de mon père. Que faut-il déchiffrer sous ce front intelligent ? Pour qui ce cœur battait-il derrière le col en guipure trop sage ? Lorsqu'elle commence à écrire *L'Éternel Retour,* son article pour *L'Aube*, *Le Livre de Blaise* glisse à ses pieds comme une invite à transgresser les années.

Je l'ai ramassé et j'ai accompagné l'auteur sur le chemin du collège. Blaise recevant le prix d'arithmétique, comme Sibyl dans sa ville sage de La Chaux-de-Fonds, Blaise assistant aux « tampougnes » de ses petits camarades et plaidant contre l'interdiction des bourrées et des « bourrances » auprès du Grand Conseil genevois. Blaise décrivant les repas comparés de Martin et de Torcapel. Chez le premier, dont le père est banquier, on a eu pour dîner, une omelette, de la daube, du riz doux et des tartelettes aux abricots. Chez le second, de condition plus modeste, de la froissure…

J'ai dû aller chez mon boucher pour lui demander la signification de ce mot qui, selon Torcapel, désigne le mets le plus délicieux qui soit. « La froissure ? » Il a rigolé en partant dans l'arrière-boutique d'où il est revenu, les mains dégoulinantes de boyaux fripés et sanguinolents.

« C'est ce que je donne à votre voisine pour son chat. Des viscères, enfin des abats ! »

Plus les phrases sont hermétiques, plus elles sont goûteuses. Comme lorsqu'on cherche, sans le trouver, quelle épice rehausse le fumet et la fragrance d'un plat inconnu. « *Il est doux de faire les gattes... Il est seyant de faire les gattes. À un homme qui n'aura jamais fait les gattes, manquera toujours une expérience heureuse.* »

Le moraliste lui répond. « *Votre esprit n'est pas seulement déplorable, il est malfaisant. Vous incitez nos enfants à la révolte, à l'indiscipline, à la polissonnerie.* »

Je ne sais pas si Sibyl séchait ses cours à l'Université, autrement dit, si elle faisait les « gattes ». Mais j'ai enfin trouvé où elle a déniché le mot de polisson ou plutôt celui de polissonnerie qui a tant ému Félix.

Assis sur la margelle

Blaise saute à cloche-pied par-dessus les années et se moque des anachronismes. *« Assis sur la margelle de la fontaine, Pipelet écoute l'âme éplorée de Calvin. »* Pipelet est le bedeau du collège auquel le Réformé a donné son nom. Il en est le gardien, la sentinelle, le marguillier, le sonneur de cloches, l'économe et le porteur de clefs. Pipelet se méfie des élèves, ils sont traîtres et lâches.

« Assis sur la margelle de la fontaine, Pipelet et Calvin soupirent. Aujourd'hui, on en a surpris quatre. Ils lisaient Gargantua pendant la leçon de diction. »

Sibyl qui a écouté les échanges entre le bedeau et Calvin, rêvasse et philosophe, *Le Livre de Blaise* à ses pieds. *« Depuis vingt siècles, depuis cent, l'âme humaine est demeurée la même, les mêmes sentiments, toujours la font tressaillir, ou vibrer... Non, je ne suis pas seule à penser de telles choses. D'autres déjà avant moi, d'autres encore demain, se laisseront prendre avec folie et passion aux illusions éternelles de la Pensée. »*

Plus de neuf décennies se sont écoulées depuis la publication de l'article de Sibyl dans *L'Aube*. Sans les lettres de mon père, il dormirait à jamais dans son cercueil de papier, le fascicule jauni d'une revue oubliée. Peu importe que les réponses à l'ami aient disparu. Sibyl est aujourd'hui bien vivante.

Félix l'a rejointe au bord de la fontaine. Redevenu civil, il se met au diapason. *Le service m'a fait perdre la notion du temps. Refoulant dans un passé très lointain tout ce qui l'a précédé. J'en suis encore à rééduquer mes sens. Elle est pourtant si proche l'année passée où je me préparais à vous rejoindre.*

Soudain les souvenirs reviennent en foule, et avec eux, celui de la promenade pascale à marquer d'une pierre blanche. Après avoir rendu la barque, ils ont cheminé le long du lac jusqu'à Nyon. Éclairées par les phares des voitures, leurs silhouettes géantes se sont projetées sur la route bordée de peupliers. Ils se sont pris par la main et leurs ombres se sont évanouies dans le noir.

L'autre soir, je suis allé m'asseoir sur la margelle de la fontaine du Collège Calvin. Pour entendre la voix de mon jeune père et celle de l'Amie. Il est venu lui dire au revoir avant de prendre un nouveau départ.

À la découverte du Nouveau Monde.

Pourquoi sonder les murs ?

« Ça s'est passé dans sa chambre d'étudiante ? Tu crois qu'ils ont baisé ?... » Iris quémandait des détails croustillants. Décidément entre ma sœur et ma fille, je suis dans de beaux draps ! Qu'est-ce qu'elles ont toutes les deux à vouloir transformer une belle amitié en aventure torride ? Ras le bol ! Je ne leur dirai plus rien, je ne leur confierai plus une seule miette de ma prose en devenir. Elles sont complètement ridicules. Vouloir transposer leurs mœurs déjantées dans mon récit d'un autre temps...

Alors que Félix s'apprête à faire le grand saut. À quitter la Suisse, son pays, où il vient d'accomplir cinq années d'études. Il doit remplir ses malles, emballer ses livres, ses dictionnaires, effectuer des démarches pour obtenir un visa pour la France, les frontières sont des barrières bien gardées, les douaniers ne plaisantent pas avec la règle. Se procurer un passeport pour partir aux États-Unis. Et surtout, ne pas oublier un principe élémentaire. Se munir de recommandations, véritables sésames s'il veut faire son chemin dans un pays où il ne connaît personne.

Aujourd'hui, le chômeur est invité à lister ses relations, ses amis. À les cultiver à des fins intéressées pour obtenir un nouveau job. Il passe des heures à réseauter sur Internet. Mais on n'a rien inventé. Il y a un siècle, les jeunes ambitieux garnissaient déjà leurs poches de lettres de références. À Zurich, à Berne, à Saint-Gall, à Genève, Félix fait le siège de ses anciens professeurs, des pères de ses amis nantis pour obtenir les précieux bouts de papier qui lui ouvriront toutes les portes. Telle est la raison officielle de son court séjour à Genève.

L'officieuse est de revoir Sibyl. Il a prévu de passer deux ans outre-Atlantique. Il sait que la séparation sera longue. Postée à Marseille, le 18 novembre 1919, l'enveloppe numéro 25 réserve une surprise. Aucun feuillet où retrouver l'écriture élégante de Félix. En lieu et place, des cartes postales recouvertes, au verso, d'un millier de minuscules fourmis. En foule. Emprisonnant de leurs petites pattes les deux mots pré-imprimés, « correspondance » à gauche, « adresse » à droite. L'auteur a tout rempli, une puis deux, jusqu'à cinq cartes. Prenant bien soin de les numéroter. Son bonheur éclate après le revoir genevois. *Nous avons renouvelé notre amitié pour des années. Nos pensées suivent des voies parallèles*, clame mon jeune père. Il n'oublie pas qu'il s'adresse à une mathématicienne. Un peu de géométrie lui permet de poursuivre dans la même veine. *Même si la distance empêche les réactions réciproques, les lignes ne peuvent pas s'être beaucoup éloignées l'une de l'autre*. Certes, il a éprouvé un peu de tristesse à lui faire ses adieux. Mais les retrouvailles ont été un tel moment de bonheur. ! Elle l'a *autorisé* à lui faire deux petites visites. Où ça ? Chez elle, dans sa petite chambre d'étudiante, Place Bourg de Four.

Alors faut-il imaginer, comme Iris et Margot ne se privent pas de le faire, des échanges autres que verbaux ? Qu'ils ont couché ensemble ? Impossible ! C'est oublier l'époque victorienne dans laquelle vivent les jeunes gens en ce début de siècle. D'ailleurs, Félix précise bien. Il est venu la retrouver dans *son sanctuaire*. Le terme utilisé lève toute ambiguïté. À quelques pas de là, les tours sévères de la cathédrale Saint Pierre, un autre sanctuaire devenu protestant moins de quatre siècles auparavant, garantissent l'innocence de la rencontre.

Auraient-ils échangé quelque promesse ? Apparemment pas. Chaque chose en son temps. Celui d'Héra n'est pas encore venu. Comment interpréter autrement ce message, même engoncé dans son voile de métaphores ? *Puisque l'homme vit d'illusions, pourquoi vouloir les détruire ? L'édifice paraît encore si beau de loin. Pourquoi vouloir sonder les murs pour en éprouver la solidité ? Mieux vaut se dire. Ne l'habitons pas maintenant, mais contemplons-le avec plaisir... il me tend les bras... je préfère encore m'en passer pour garder intacts les doux souvenirs...*

Prudence, prudence, Félix préfère revenir sur un terrain plus anodin. Mises bout à bout, les cinq cartes pourraient constituer un mini-dépliant touristique de la ville de Marseille. Il utilise une cinquième carte pour commenter les vues aux couleurs bistre. Un vrai bagout de tour-operator. Notre-Dame de la Garde. Le château d'If. Les bassins de la Joliette où s'est engrangée la fortune paternelle. Le pont transbordeur qui reliait alors les deux rives du Vieux Port et sa petite nacelle fragile se balançant au ras de l'eau. Les trams à l'impériale ouverte circulant sur la Canebière. Des images qui renvoient à ce temps qui n'est plus. Ce temps, dont Sibyl redoutait la brièveté, glisse sur l'épiderme de mon père comme une rosée heureuse.

Le calame à la main

Rien n'arrête sa rage d'écrire, d'allonger les jambages sur la page docile, de ne laisser aucun espace vierge. Au point de parfois signer sur le côté, faute de place. Pour terminer ses missives, les formules ne varient guère. Ce sont des *Sincères affections,* des *Messages très affectueux.* Parfois, le ton est plus sec, il se contente d'un *Bien amicalement.* Ou d'un très militaire *Cordial salut.* Quand la nostalgie est trop forte, il adopte une tournure plus élaborée. *Que ma missive vous apporte le meilleur de mes pensées.*

Il écrit où il peut, quand il peut, commence sa lettre, un, deux, trois feuillets. Et la reprend plus tard. Il voudrait pouvoir saisir sa plume au moment où les idées fusent dans sa tête pour les partager sur-le-champ avec elle. Au service militaire, dans la chambrée où les camarades chahutent, il griffonne sur son lit après avoir sagement plié sa capote au millimètre. Au bistrot tout aussi bruyant, ses pensées deviennent confuses. À Berne, dans la petite chambre d'étudiant qu'il a louée, il est plus au calme. Mais l'hiver est tellement rude que ses mains sont glacées et *son calame glisse des doigts !* En décembre, à Marseille, dans la maison familiale, on ne chauffe qu'une pièce où tout le monde se tient. Sollicité à chaque instant, il n'arrive pas à se concentrer.

Sur le *Savoie,* le paquebot à deux cheminées où il vient d'embarquer pour New-York, la météo transforme la correspondance en danse des sept voiles. Il s'est installé dans un petit salon où le roulis promène sa chaise et, sans égard pour la prose destinée à Sibyl, le projette par terre. La tempête a fait rage durant six jours. Le voyage est prolongé, mais Félix a le pied marin. Il se retrouve seul sur le pont à contempler la mer déchaînée. Seul au restaurant car les autres passagers conjurent le mal de mer en restant dans leurs cabines allongés sur leurs couchettes. Seul dans le petit salon de correspondance pour écrire les vingt-deux feuillets de la lettre numéro...

Tiens, tiens ! Cette lettre, la plus longue de toutes celles envoyées à sa Chère Amie, elle ne l'a pas numérotée. Sibyl a égaré son crayon, Sibyl serait-elle fatiguée par tout ce bavardage ? Il anticipe, plaide coupable et avoue candidement : *Votre société m'est plus charmante que celle de mes compagnons de voyage. Comme la réciproque n'est pas vraie et que la géométrie infinitésimale est plus claire que le verbiage d'un ami secoué sur son bateau, je vous demande pardon, très chère amie, pour l'ennui à vous causé.* Se prendrait-il pour le maître de philosophie de Monsieur Jourdain pour adopter une tournure de phrase aussi ampoulée ?

Le *Savoie* passe au large des bancs de Terre-Neuve et le ton change : *Pensez à moi la prochaine fois que vous mangerez de la morue !* Pas question de gaspiller le dernier feuillet encore vierge !

Il recopie scrupuleusement le bulletin météo des huit jours écoulés. *Temps à grains, mer très grosse, tangage violent, ouragan d'ouest-sud-ouest, mer démontée, grains de grêle, beau temps, brise du Nord.*

Il termine, avec superbe : *Comme quoi, je vous aurai parlé de la pluie et du beau temps !*

Deuxième partie

Le continent féminin

Félix débarque à New-York, le 28 juillet 1920. Il a vingt-deux ans et trois mille dollars en poche. Un pécule qui devrait lui permettre d'étudier, durant dix-huit mois, dans la plus prestigieuse université du Nouveau Monde, Harvard. Mettant en pratique ses connaissances en économie fraîchement acquises, Félix va s'empresser de faire fructifier l'argent confié par son père et tout mettre en œuvre pour acquérir les connaissances qui lui seront utiles toute sa vie. Les parents Wanderer recevront simultanément les comptes relatifs aux placements et les contes de ses multiples expériences.

Les missives du fils reconnaissant sont hebdomadaires. Elles fourmillent de renseignements sur l'Amérique du début des années vingt. J'ai laissé filer à travers mon crible d'orpailleur les témoignages de cette époque révolue, disséquée sous la lorgnette d'un jeune Européen.

C'est à n'y rien comprendre. Dans le même temps, Sibyl est mise à la portion congrue. Quatre lettres et quatre cartes postales en 1920, deux lettres en 1921. Pourquoi une telle différence de traitement après les débordements de l'année précédente ? L'image de la Chère Amie pâlirait-elle à ce point dans la tête et dans le cœur de mon jeune père ? La réponse est simple. En même temps que Félix aborde le Nouveau Monde, il découvre un continent encore plus fascinant, le cœur féminin. Avec son juvénile enthousiasme, il raconte à Adrienne, sans beaucoup de retenue et certainement pour le grand plaisir de cette dernière, ses rencontres avec les étudiantes américaines. Rien à voir avec les jeunes filles françaises ou suisses, coincées les pauvres dans leur éducation bourgeoise et privées de liberté !

Mais comment pourrait-il en confier autant à Sibyl sans la blesser ou la rendre jalouse ? Car Félix papillonne. Félix butine. Qui le blâmerait ? C'est pour la bonne cause, puisqu'il améliore sa maîtrise de la langue anglaise et qu'il cultive ses relations. L'excuse est louable !

Les premiers contacts le déçoivent et le dire à son amie ne pourra que lui faire plaisir. *Les Américaines n'ont pas la grâce européenne.* Le même constat se traduit plus prosaïquement dans la lettre aux parents. *Il faut avoir le goût singulier pour admirer une planche à repasser !*

Mais très vite, ces premières appréciations sont dépassées. *Mes opinions deviennent de plus en plus favorables à mesure que je vois de meilleurs spécimens !* Pas très flatteur pour la gent féminine, mais il y a déjà progrès. Plus loin… *Les jeunes filles ont une aisance exempte de coquetterie, elles devraient seulement être plus souvent jolies.*

Décidément, les jeunes gens d'autrefois étaient tout aussi axés sur le physique des femmes que ceux d'aujourd'hui ! Félix est bientôt récompensé d'avoir persévéré. Il rencontre une jeune fille qui a obtenu le Prix de beauté de son collège, intelligente de surcroît puisqu'elle fait des études de lettres ! Une autre veut devenir actrice. Il raconte à Sibyl le système des *blind dates,* ou rencontres aveugles, qui ont encore cours aujourd'hui aux États-Unis. Ou comment les jeunes gens procurent des partenaires, qui à leurs amis ou amies, qui à leur sœur ou leur cousine. On fait connaissance au cours de bals et autres festivités.

Félix est très sollicité. Être diplômé et étudiant à Harvard est le Sésame suprême. Être bien tourné, sociable et drôle ne doit rien gâcher. Cerise sur le gâteau, ce jeune représentant du Vieux Monde porte en bandoulière sa Suisse, ses montagnes et ses lacs. Modeste, mon jeune père ne dit rien de ses succès. Il se borne à apprécier la facilité et la rapidité avec laquelle il noue des connaissances et s'intègre dans ce nouveau tissu social.

Elle est bien gentille l'étoile sous laquelle vous êtes né, constatait la Chère Amie, au cours de leur dernière rencontre. Conscient de tous ses privilèges, mon père ressasse à Sibyl son bonheur d'être à Harvard et à ses parents, son plaisir de découvrir… les Américaines. On dit que les gens heureux n'ont pas d'histoire. Et si les parents de Félix lui avaient donné ce prénom à titre prémonitoire et pour faire mentir le dicton ?

Le continent féminin, suite

Au début du siècle dernier, les universités américaines séparaient encore soigneusement les genres. Harvard est exclusivement fréquenté par des représentants du sexe fort. Une constellation de collèges féminins gravite autour de cette planète peuplée de mâles. Réunis, ils constituent une pépinière intellectuelle unique autour de Boston, dans l'état du Massachussetts.

Félix fait ses premières expériences à Radcliffe, pendant féminin de Harvard. Après quelques mois, il devient membre du comité des fêtes qui regroupe les deux universités. Admiratif, il raconte à sa mère : *La présidente est aussi belle qu'intelligente. Elle aura bientôt son doctorat.*

Mon papillon de père n'a pas les yeux dans sa poche. Il est bien vite attiré par les collèges fréquentés par les étudiantes plus jeunes, les *Undergraduates*, où se dénichent les plus jolies filles. Il butine autour de ces fleurs au collège de Wellesley, véritable palais aux fenêtres néogothiques à vitraux, aux salons luxueux, aux boiseries sculptées, qu'il n'hésite pas à comparer aux grands palaces de la Riviera romande. Dans cette ruche cossue, les étudiantes sont logées comme des princesses, elles s'amusent beaucoup et préparent accessoirement leur diplôme, à moins qu'elles ne se marient avant de l'avoir obtenu. Félix est invité au Field Day où ces demoiselles jouent au base-ball en culottes bouffantes !

Au cœur de Boston, le collège d'Emerson accueille aussi de très jeunes filles. Certaines choisissent des carrières artistiques. Félix y rencontre Mademoiselle R. future actrice ! *J'ai été invité à un de leurs spectacles où elle tenait un rôle de pantomime.* Mademoiselle R. a plus d'une corde à sa raquette, car elle invite Félix pour une partie de tennis et lui propose même une sortie en barque ! L'après-midi se termine par la contemplation du coucher du soleil, suivie d'un pique-nique et de quelques tours de danse. On chante *There is a silver lining*. Quoi de plus romantique pour un jeune homme qui aime autant canoter que valser ! A-t-il évoqué Sibyl et leur escapade sur le lac Léman, tandis qu'il plongeait sa petite rame dans la rivière Charles ?

Une photo prise lors de ce mémorable épisode me fournit un début de réponse. On y voit Félix pagayant avec un de ses amis dans une barque plate. Tout habillées de blanc, allongées sur de confortables coussins, deux jeunes filles leur font face. Félix arbore un sourire béat devant sa compagne aux traits fins et à la chevelure sombre, la charmante Mademoiselle R.

L'exploration du continent féminin se poursuit tout au long du séjour. À lire cette correspondance des années 1920 et 1921, il semble que l'Amérique ne soit peuplée que de jeunes filles en fleur ! Chaque rencontre est décrite avec un enthousiasme sans cesse renouvelé. Félix fait le tour des États-Unis durant les vacances d'été. Il descend en bateau sur la Hudson River jusqu'à New-York, puis il visite Washington et poursuit jusqu'à la Nouvelle-Orléans. Il traverse le Texas, monte jusqu'à Colorado Springs.

Justifiant pleinement son patronyme, le jeune Wanderer voyage et y prend goût. Il traverse les Rocheuses en train jusqu'au lac Salé. Il y fait de nouvelles rencontres, deux jeunes demoiselles qui ont l'air d'être sœurs mais qui s'avèrent être mère et fille. La fille est boulotte mais la mère plaît tellement à Félix qu'il leur donne rendez-vous à Salt Lake City. À défaut de visiter le grand temple des Mormons, un monument gigantesque, une forteresse où aucun étranger n'est admis, il barbote avec ses nouvelles amies dans ce lac où l'on flotte sans se fatiguer. Après avoir fait la planche, ils vont danser…

Dans le grand parc du Yellowstone, Félix s'émerveille devant les geysers d'eau chaude. Le soir, il dort dans un *camp* où, comme par miracle, les soirées s'improvisent chaque soir. Où les partenaires féminines, en surnombre, semblent n'avoir rien d'autre à faire que de gigoter avec lui au son du foxtrot ! L'énumération pourrait devenir fastidieuse. Félix s'en excuse auprès de ses parents. *Si je vous parle autant des jeunes filles, c'est pour vous raconter la vie dans ce pays. Tout est si différent de ce qui se passe en Europe !*

Alba

Je m'y attendais. Impossible d'aborder les aventures de Félix sans qu'un membre de ma famille, féminin bien entendu, me déboule sur le dos. Cette fois, c'était la mère d'Iris. À la différence de Margot ou de ma fille qui s'invitent à toute heure, Alba s'est annoncée, elle voulait parler sérieusement avec moi.

« Je m'inquiète. Ta fille – je note en pensée que, dans de telles occasions, Iris est ma fille et non la sienne – fait n'importe quoi. Elle glande toute la journée sur son ordi, se drogue de jeux vidéo. Elle va rater ses examens… ». Bref, les litanies habituelles. Je le sais, je suis un mauvais père. Je suis trop laxiste. Je laisse mon ex-femme se débrouiller seule avec les problèmes d'une ado compliquée.

« Elle en est à son énième Jules. Ça ne la mènera nulle part. Quand Iris vient chez toi en vacances, elle ne se prive pas pour ramener un inconnu pour la nuit. À quoi cela sert-il que je la prive d'argent de poche quand elle sèche les cours, si tu lui donnes du fric dans mon dos ? Ton système éducatif, c'est n'importe quoi. » Elle a esquissé un geste de découragement. Je ne savais que lui répondre. Lâchement, pour détourner son attention de notre fille, je lui ai posé la question la plus bête qui soit :

« Crois-tu qu'au début du siècle dernier, un jeune étudiant, élevé dans un milieu bourgeois et conventionnel, était encore puceau ? À l'âge de vingt-deux ans ? » Alba est restée la bouche ouverte, désarçonnée. Après un court temps de réflexion, cette femme qui en sait plus sur moi que quiconque, m'a répondu : « En tout cas, à cet âge-là, tu ne l'étais plus depuis longtemps ! Mais quelle importance cela a-t-il ? Ta question concerne sans doute ton père, Félix. Iris m'a parlé de ton travail. Dis-toi qu'il était bien dans sa peau et qu'il était heureux. Manque de bol, sur ce terrain, tu ne lui ressembles pas. »

Elle a tourné les talons et planté son couteau en plein cœur :

« Lucas, à quoi passes-tu tes journées derrière ton écran, sous prétexte que tu étudies les mœurs des *chatters* ? Tu n'es qu'un vieux sociologue voyeur et ringard ! »

L'Origine du monde

Il est en train de construire un gigantesque puzzle. Les fleurs sont intriquées les unes dans les autres comme sur une toile de Klimt. Il a dessiné les roses, les bleues, les dorées, un tapis multicolore s'étale sous mes yeux. Je cherche en vain, la pièce principale, celle du baiser. L'auteur du puzzle a caché le morceau manquant, mon père a brouillé les pistes. A-t-il eu le béguin pour une seule de ces fleurs ? L'a-t-il embrassée, caressée, aimée ?

Une autre peinture m'est venue à l'esprit. *L'Origine du monde*, ce tableau commandité à Gustave Courbet par Khalil Bey, un diplomate turc amateur de rondeurs féminines. Tel le négatif du puzzle de Félix, car on a subtilisé toutes les pièces à l'exception d'une seule. Pas de pieds, pas de jambes, pas de bras, pas de mains, pas de cou, pas de tête. Un corps amputé où ne subsiste que l'essentiel, le sexe étalé d'une femme au poil roux, l'origine du monde. Pour ne pas effaroucher ses visiteurs, le diplomate avait placé un tissu vert devant la toile.

En 1920, le sexe est toujours tabou. Une jeune fille « bien » est laissée dans l'ignorance la plus totale. Elle doit attendre d'avoir la bague au doigt pour en connaître la saveur et les subtilités. Personne n'en parle. Aucune allusion jamais. Le rideau est soigneusement tiré. Quant au jeune homme...

Justement, que font les jeunes gens ? À Paris, ils jettent leur gourme, l'expression en vigueur à l'époque, avec quelque cousette. Certains tentent de séduire une femme mariée plus volage que d'autres. Débarqué à New-York, Félix va d'étonnement en étonnement. C'est le début des années folles, les *Roaring Twenties* qui secouent le Nouveau Monde, sa pruderie, son puritanisme et son hypocrisie. Le jazz déferle dans les bouges de La Nouvelle-Orléans, les musiciens émigrent à

Chicago et à New-York grâce à la protection des gangsters, Al Capone en tête, et des trafiquants d'alcool, les *Bootleggers*. Les joueurs de clarinette, de cornet à piston, de saxophone se déchaînent à Harlem tandis que l'alcool, bien que prohibé, coule à profusion sous l'œil bienveillant des policiers irlandais auxquels on a graissé la patte. Quelques jeunes filles se laissent entraîner dans ces *Speakeasy* mal famés, et transgressent tous les interdits au cours de beuveries sans fin. Les *Flappers* ou canards sauvages, on les appellera « garçonnes », quelques années plus tard en Europe, se coupent les cheveux. Elles relèvent l'ourlet de leur jupe à plus de vingt-trois centimètres au-dessus du genou, exhibent d'interminables fume-cigarettes, portent de longs sautoirs autour du cou. Bientôt, elles jetteront leurs corsets pour pouvoir danser plus librement. La polka et la valse sont délaissées au profit du charleston.

La plus flamboyante d'entre elles, la ravissante Zelda qui deviendra l'égérie, puis la femme de l'écrivain sulfureux Scott Fitzgerald, est devenue leur modèle. Née en l'an 1900, issue d'une riche famille de l'Alabama, son père était juriste, son grand-père sénateur, Zelda Sayre s'étourdit de fêtes, dès l'âge de dix-huit ans. Elle boit, fume, conduit sa propre voiture et s'entoure d'une cour de jeunes gens à qui elle ne refuse pas grand-chose.

La rumeur des frasques de Zelda a-t-elle déjà contaminé les étudiantes de Radcliffe, de Wellesley et d'Emerson ? Les meilleurs « spécimens » que fréquente Félix ont-elles déjà « franchi le pas » selon l'expression qu'impose la bienséance ? Certaines d'entre elles sans doute. La charmante actrice, Mademoiselle R. qui se prélasse dans une barque sur la Charles River ? Ou Mademoiselle N. avec qui il prend le thé à Wellesley ? Ou encore Mademoiselle Y. dans la maison de laquelle aucun repas ne se prend sans rince-doigts sur la table ? Adrienne n'a que ces initiales muettes à se mettre sous la dent lorsqu'elle s'interroge sur la vie amoureuse de son fils.

Le mot Mademoiselle suffit sans doute comme certificat de respectabilité.

La respectabilité, voilà le grand mot qui jusque-là a coiffé de son voile intransigeant toute la vie bourgeoise issue du siècle victorien. Félix observe les principes et analyse les règles. Sur le Vieux Continent, elles semblent encore impérissables. À Marseille, les mères de famille de la bonne société chaperonnent leurs filles dans la rue et s'indignent lorsque leurs cavaliers ne respectent pas la distance imposée entre elles et leur précieuse progéniture. Aux États-Unis, les mœurs commencent à se relâcher et le système est plus souple. Les filles plus âgées ont remplacé les mères. Elles accompagnent les plus jeunes dans leurs sorties et, dans les collèges, chaque dortoir est surveillé par une *House Mother* à peine plus vieille.

Félix est-il abusé par la majorité bien-pensante qui cherche à endiguer la course à l'émancipation et à faire régner l'ordre moral ? Influencé par les magazines conservateurs qui lancent des campagnes pour stigmatiser le jazz ? Une musique de pulsations inspirée du vaudou, tellement voluptueuse et si malsaine ! Nourri de morceaux classiques, épris des valses viennoises, mon père la qualifie de *cacophonie indescriptible, pire qu'une fanfare de pompiers !* Cherche-t-il à endormir à nouveau les inquiétudes de ses parents ? Cache-t-il quelque aventure derrière la majuscule de l'une ou l'autre de ces demoiselles ? A-t-il fait autre chose que la planche sur le lac Salé avec la jeune femme rencontrée dans un train ?

À force de chercher à lire entre les lignes, mes propres fantasmes m'ont entraîné sans doute fort loin de la vérité. Alba avait raison. Était-ce si important ? Ne ferais-je pas mieux de m'attarder sur d'autres confidences ? Peu avant son retour en France, Félix avoue sincèrement à sa mère : *Je n'ai pas fait beaucoup de progrès dans la compréhension des Américaines, Je m'interroge sur la psyché féminine. Elles sont bonnes camarades mais très réservées. Est-ce dû à l'application des règles sévères du savoir-vivre ou manquent-elles de profondeur ?*

Je tenais maintenant la preuve que Sibyl n'était pas oubliée. Félix a papillonné, flirté avec les moins bégueules, été amoureux de plusieurs à la fois, ainsi qu'il l'écrit avec humour aux parents Wanderer. Mais aucune ne soutient la comparaison avec sa Chère Amie, son intelligence et la clairvoyance de ses réflexions.

Jeanne

Il ne manquait plus qu'elle. Toutes les femelles de ma famille se sont liguées pour contrôler mon travail, seule Jeanne n'avait pas encore mis son grain de sel dans ma soupe épistolière. Ce matin, j'ai reçu sa lettre.

« J'arrive en TGV mardi prochain, je viens me reposer quelques jours à Villars. Que dirais-tu d'un petit repas tranquille à Ouchy avant que je prenne le train à crémaillère pour monter dans tes montagnes ? Nous pourrions faire un déjeuner de crêpes. » Les crêpes se sont transformées en tartines, un interrogatoire en règle. Elle avait tiré les vers du nez à Margot, celle-ci lui avait craché le morceau. Pourquoi Jeanne aurait-elle été la dernière à apprendre que j'écrivais un récit tendancieux sur notre père qu'elle adorait ? Elle souhaitait lire quelques chapitres de mon œuvre en devenir. Une injonction sans appel.

J'adore ma sœur Jeanne. C'est toujours vers elle que j'allais me plaindre quand j'étais petit et que Margot volait mes voitures pour me faire enrager. Elle séparait les belligérants, sortait son mouchoir pour éponger mes larmes et rendait justice.

« Margot, donne-lui sa deux chevaux. Et toi Lucas, cesse de lui dire qu'elle louche et qu'elle est moche. Ce n'est pas gentil de ta part. » Jeanne est belle, Jeanne est bonne, Jeanne est juste. Mais toutes ses qualités la rendent parfois exaspérante. Pas moyen de la contourner ou de lui raconter des bobards.

J'ai cédé comme je le faisais dans ma jeunesse. Je lui ai donné à lire mes derniers chapitres fraîchement sortis de l'imprimante. Elle s'est longuement concentrée, a reposé les feuillets et m'a fixé droit dans les yeux, sans un sourire. Son jugement était sans appel :

« Tu prétends qu'Anémone a falsifié la vie de notre père parce qu'elle a omis certains détails, mais tu fais dix fois pire. Toutes ces élucubrations sur la vie amoureuse de Félix sont ridicules. Tu ferais mieux de dépeindre le jeune étudiant qu'il était. Écoutant les conférences des célébrités politiques de l'époque. Planifiant seul un voyage autour du continent nord-américain. Visitant des usines de chocolat, des mines de cuivre, les abattoirs de Chicago. Rencontrant des chefs d'entreprise enrichis à la force du poignet. S'adressant à un auditoire de trois cents enseignants de couleur, à Tuskegee, la première université ouverte aux Afro-américains. » Au passage, je remarque que ma sœur emploie le seul terme aujourd'hui admis pour qualifier les Noirs. Le politiquement correct *Afro-américain*, forgé à la fin du siècle dernier, donc bien après le séjour de mon père outre-Atlantique. Félix parlait sans se gêner des nègres, traduction de *Nigger,* une insulte alors courante dans la bouche des Blancs dont il épousait les préjugés de l'époque. Mais la liste de Jeanne n'était pas encore close.

« Et sa thèse sur la Soie, l'as-tu oubliée ? Il a fait le siège du professeur Taussig, l'un des économistes les plus éminents de son temps. Il a passé des semaines à potasser son sujet. Le résultat de tous ces efforts ? Il a obtenu le titre de Docteur en sciences économiques et politiques. Décerné par l'Université de Berne, l'année qui a suivi son retour en Europe. »

J'ai essuyé la douche. Je n'ai même pas rétorqué que le professeur Taussig était tombé dans les oubliettes de l'histoire. Même s'il fut le conseiller économique de Wilson, après la guerre de quatorze. J'étais obligé d'admettre qu'elle avait en partie raison. Pour la forme, je me suis tout de même hasardé :

« Mon propos n'est pas d'écrire l'hagiographie de Félix. Anémone s'en est très bien chargée. Je cherche seulement à comprendre. »

On ne dupe pas Jeanne aussi facilement.

« Dis plutôt que tu veux t'identifier à lui. Pour savoir pourquoi tu n'as pas pu te conformer au modèle. Pourquoi tu as raté tes amours, les unes après les autres. » La perspicacité de ma sœur n'en finit pas de m'étonner !

Le cahier de moleskine

Jeanne a toujours aimé manier la carotte et le bâton. Après avoir administré son savon, elle a prodigué ses conseils.

« Tu dois revenir à l'essentiel. Ton récit est axé sur une grande amitié. Essaie d'en comprendre les ressorts. Un homme et une femme peuvent-ils être amis aussi intimes sans que ce sentiment n'évolue vers l'amour ? Dans le cas précis de Félix et de Sibyl, l'amour avait-il sa place ? »

Sa remarque était judicieuse. Cécilia venait de m'appeler, proposant de nous rencontrer. Il était temps de chercher de nouvelles sources. Six mois s'étaient écoulés depuis l'arrivée du carton de lettres. Bientôt suivi des photos de sa tante. Puis, plus rien, pas un signe de vie ! À la différence de toutes les femmes de ma famille, elle semblait se désintéresser de ce que je pourrais bien faire de cette correspondance et ne pas s'inquiéter de mes possibles interprétations. Mes vasouillages sur la vie amoureuse de mon père à Harvard m'indiquaient que je faisais fausse route. Le regain d'intérêt de Cécilia, les informations que je pourrais obtenir sur la vie de sa tante me permettraient peut-être d'y voir plus clair.

Rendez-vous a été pris à mi-chemin entre nos deux domiciles. Nous nous sommes retrouvés dans un restaurant qui surplombe le lac de Bienne. Le contact a été chaleureux. En deux heures, j'en ai plus appris sur Sibyl qu'à la lecture des deux grands classeurs rouges. Étais-je plus avancé pour autant ? La Sibyl que Cécilia avait connue était une dame d'âge mûr. Elle ne s'était jamais mariée. Elle avait consacré toute sa vie à sa famille, à l'enseignement, à la culture.

Cécilia a extirpé d'un gros sac Migros des albums de photos et d'autres souvenirs, bref de quoi alimenter notre repas et mon enquête. J'aurais voulu me pencher plus longuement sur ces vieux clichés représentant la maison où Sibyl avait passé toute sa vie, mais les filets de perche refroidissaient dans nos assiettes. À mon grand regret, les albums ont prestement réintégré le fond du sac de Cécilia. Avant de partir, elle m'a confié un cahier en moleskine noire à tranches rouges boursouflé de coupures de journaux, de faire-part de décès et d'annonces de concerts dont les notes ont fini de résonner depuis bien longtemps. La discrétion de la nièce de Sibyl est un baume comparée aux mises en garde d'Anémone, aux jugements de Jeanne, aux réflexions saugrenues de Margot, aux questions déplacées d'Iris, aux commentaires peu amènes d'Alba. Subodorant que j'étais en train de tirer de ces vestiges la matière d'un récit, elle a simplement résumé ce que je pensais depuis des mois :

« Ce ne sera pas facile de sortir quelque chose de tout ça ! »

Brouillons

Soudain, les feux de la rampe se sont allumés. Sibyl est entrée en scène. Cécilia l'ignorait, cinq brouillons de lettres de sa tante à mon père gisaient, épars, dans le cahier de moleskine. Ce que mes sœurs avaient cherché en vain dans leurs valises d'archives était maintenant sous mes yeux. J'allais enfin pouvoir repriser quelques trous dans le tapis mité de la correspondance entre les deux amis.

Mon père écrit sans brouillon. Comment pourrait-il recopier les épîtres à ses parents et à Sibyl sans y passer le double d'heures ? Y sacrifier autant de temps, en parallèle à ses études, tient de l'impossible. Par chance, les phrases coulent de sa plume, comme l'eau d'une rivière. Pas une seule rature dans la pile de classeurs. Sa pensée est remarquablement structurée. Il sait où il va, ce qu'il veut écrire et ne revient jamais en arrière. Parfois, il souligne un mot pour appuyer son propos. C'est tout.

Aujourd'hui, avec le traitement de texte et les correcteurs orthographiques, ceux qui écrivent ont la vie tellement facilitée qu'ils ne se rendent pas compte de leur chance. Félix a un *Word* dans sa tête, qui copie, coupe et colle, bien avant que sa plume ne se pose sur la page. Son écriture tranquille, égale, majestueuse est à l'image de sa personnalité.

Je n'ai pas étudié la graphologie, mais les brouillons de Sibyl doivent aussi refléter son caractère. Ses lettres sont d'une grande élégance et dévoilent une maturité exceptionnelle pour une femme aussi jeune. Les caractères sont à la fois fantasques et retenus. Comme si l'auteur voulait brimer sa fougue pour privilégier la concentration. Certaines phrases sont hachurées de traits sur lesquels la plume a repassé jusqu'à trois fois. D'autres sont entourées de grandes boucles terminées par une flèche, pour déplacer l'idée plus haut ou plus bas dans la page. On devine la richesse de la pensée qui hésite, se bouscule, affine, précise, jamais satisfaite du résultat. Elle oscille entre les élans paroxystiques et le souci de ne pas trop se dévoiler. Quelle âme compliquée et intéressante ! Je comprenais enfin ce qui fascinait mon père chez sa Chère Amie et pourquoi il l'admirait autant.

Au moment d'insérer ces rares spécimens à leur place dans la chronologie de la correspondance, un détail m'a amusé. Deux des brouillons ont été préparés au dos de vieilles circulaires au format A5 des Écoles secondaires de La Chaux-de-Fonds, datant de 1918. Elles ont été réunies par du papier collant comme pour former des petits dépliants. Pas question, en ces temps d'après-guerre et de pénurie, de gaspiller un quelconque recto de page vierge ! Et me vint alors à l'esprit que Fleur, ma mère, faisait de même avec les faire-part de mariage des enfants de ses amis. Que de listes de commissions je l'avais vue griffonner au dos de l'annonce d'une cérémonie où, en lettres anglaises, étaient énumérés les titres ronflants et les diplômes prestigieux du futur époux !

Loin des yeux...

Les lettres naviguent sans se presser, de part et d'autre de l'océan, à bord des transatlantiques. Parfois Félix inscrit leur nom, le *Touraine*, le *Savoie*, le *Patria*, sur l'enveloppe adressée à Genève ou à La Chaux-de-Fonds. Comme s'il voulait accélérer le voyage. Hélas, les contretemps dus à la météo décalent les envois. Les réponses aux questions posées, les commentaires parviennent avec tellement de retard que souvent le propos n'est plus à l'ordre du jour. Ou il a été oublié. Cela n'incite guère à l'assiduité, ni d'un côté ni de l'autre.

À l'automne, pourtant, mon père rompt le silence imposé à Sibyl au cours de ses premiers mois en Amérique. Mais n'est-elle pas aussi fautive ? Il attend toujours une réponse à sa lettre du mois de mai. Ne reprend la plume qu'après un échange de cartes postales peu loquaces. Elle est à Turin, il lui envoie la photo du Capitole américain ! Elle part en balade aux Diablerets, et reçoit en échange l'image du bateau qui navigue sur la rivière Hudson en direction de New-York. Comme des bouteilles à la mer.

Le fil est ténu, mais il n'est pas brisé. La lettre du 14 novembre 1920, est un hymne vibrant de lucidité et de sincérité. *Notre amitié est trop profonde et trop simple pour qu'elle se ressente de ces longs silences. Nous nous comprenons et nous nous excusons. Pourtant le danger existe que nos préoccupations, l'éloignement, nos autres amitiés viennent s'interposer entre nous, laissant les chemins de nos pensées s'éloigner de plus en plus.*

Le mot est lâché, *nos autres amitiés*. Félix ne se leurre pas. Il est bien conscient que, malgré ses affirmations, *sa vie sociale*, curieux euphémisme dont il qualifie ses virées dans les collèges de jeunes filles, lui fait joyeusement oublier son amie. Un peu plus loin dans la lettre, il ne se gêne pas pour lui écrire : *je profite de la liberté américaine, pour jouir des présences féminines...* L'indélicat ! Si Iris avait été près de moi, elle ne se serait pas gênée pour faire un commentaire déplacé sur le mot jouir oubliant, une fois de plus, que les mots comme les mœurs évoluent au fil des ans.

Comment Sibyl a-t-elle réagi à ce propos si naïf? En a-t-elle pris ombrage ? S'est-elle exclamée, en larmes ou en rage, utilisant cette fois à bon escient l'adjectif suranné : *Le polisson ! Loin des yeux, loin du cœur...*

Félix est inconscient du mal qu'il peut causer. *Ne sommes-nous plus l'un pour l'autre un confident de nos joies et de nos découvertes ? Que de problèmes nouveaux sur lesquels nous n'avons pas échangé ! Les lettres espacées se bornent à indiquer que notre amitié existe, latente. Les circonstances ont changé, pas les sentiments.*

Combien il est adroit, ou plutôt perspicace ! Il fait les questions et les réponses, puisque ces dernières se font attendre. *Cette amitié que nous étions si heureux de pouvoir démontrer par notre exemple, elle n'est pas chose du passé, elle vit, toujours aussi belle.*

Poète indien

Le dialogue est renoué, malgré l'océan qui les sépare. Un des brouillons retrouvés dans le cahier noir de Sibyl en donne enfin un exemple complet. Les réflexions de la jeune fille prouvent la pertinence de sa pensée et la supériorité de ses intuitions sur celles de son ami plus jeune.

Rabindranath Tagore, poète, écrivain et philosophe indien, Prix Nobel de littérature, a donné plusieurs conférences aux étudiants de Harvard. Fasciné, Félix raconte à son amie : *Drapé dans sa robe vert pâle, impassible face au fracas des applaudissements qui saluent sa célébrité, le poète lit sa conférence écrite dans un anglais très pur. Lorsqu'il cite ses propres vers en bengali, on croit entendre la mélopée des fidèles priant dans un sanctuaire hindou.*

L'auditoire est séduit. Les visages sont tendus dans l'espoir de saisir dans ce flot musical l'enchaînement des idées que véhicule cette métaphysique indo-européenne. *Une sorte de néoplatonisme où chaque objet a une âme vivante et réelle,* explique Félix, *où les idées sont des choses tangibles qui existent en dehors de nous. À la fin de son exposé, le poète baise le bout ses doigts, en signe d'obéissance, et disparaît.*

Intrigué, cherchant à mieux comprendre, il cite les affirmations du philosophe et tente de leur trouver un sens : « *Inutile de voir, la seule connaissance est donnée par la musique intérieure de l'âme* ». Il avoue sans honte à Sibyl que son propre caractère l'incline à penser de manière radicalement différente !

Après sa tournée américaine, Tagore visite l'Europe. Sibyl se précipite à la conférence donnée à Genève par le poète. Elle répond à Félix deux mois plus tard. Sa langue est à la fois précise et symbolique, comme la musique ou les mathématiques.

<u>On n'apprend pas à le comprendre</u>, souligne-t-elle. L'audience américaine lui paraît bien éloignée de la forme de vie et de pensée de celle du poète indien. Ce que les Américains appellent vie intense, Tagore le qualifiera de mort agitée. La Chère Amie n'y va pas par quatre chemins. Manifestement, elle n'est pas convaincue par les descriptions enthousiastes de la vie outre-Atlantique faites par Félix. Et ne se gêne pas pour le lui faire comprendre.

J'ai trouvé, en rangeant une étagère de vieux livres provenant de la bibliothèque de mes parents, un bouquin datant de 1922, les Poèmes de Kabir, traduits en anglais par Rabindranath Tagore. Le livre est en lambeaux, preuve que ses pages ont été bien souvent feuilletées. Les poèmes du tisserand illettré et visionnaire s'inspirent à la fois de croyances mahométanes et du mysticisme hindou. Ses métaphores lyriques et sublimes chantent l'amour divin qui brûle dans son cœur. Après avoir lu le brouillon de Sibyl, j'ai choisi cette image pour dépeindre l'amie de Félix.

Les rayons de lune du Dieu caché brillent en vous.

J'ai refermé le livre déchiré sur cet autre poème. Il me semblait que Tagore l'avait rédigé à l'intention de mon jeune père.

Là, bat le rythme de la vie et de la mort.
Là, jaillissent les ravissements.
Tout l'espace est radiant de lumière.
Là, une musique mystérieuse se fait entendre.
C'est la musique de l'amour des trois mondes.
Là, brûlent les millions de lampes du soleil et de la lune.
Là, le tambour bat et l'amoureux s'amuse sur une
escarpolette.

Je ne sais pas à quoi Kabir faisait allusion en parlant des trois mondes. À l'heure où Félix rentre au bercail, après son long voyage aux États-Unis, je suis tenté d'y voir très prosaïquement les deux mondes qu'il connaissait désormais, le

Vieux et le Nouveau. Le troisième ne serait-il pas celui de la vie intérieure ? Le monde que les deux amis cherchaient à découvrir, chacun à sa manière !

Imprécisions

L'escarpolette s'est immobilisée sur le campus de Cambridge. La parenthèse se ferme. L'amoureux des fleurs américaines est de retour en Europe. Félix a obtenu de son père un nouveau délai pour terminer sa thèse. Son chemin est tracé, comme ces droites que dessine Sibyl durant les cours de géométrie. Il commente à son amie les prochaines étapes. Un séjour à Milan où les bibliothèques lui fourniront les éléments qui lui font encore défaut. Le dernier *round* à Berne pour soutenir la thèse devant ses professeurs. Encore quelques mois et on lui dira *Herr Doktor*.

Autant sa vie est transparente, autant celle de son amie est opaque. Les brouillons de Sibyl devraient m'en dire plus. De sa vie, je ne sais rien. Où sera-t-elle ces prochains mois ? Mon père ne semble pas mieux renseigné. Il pose des questions et reçoit les réponses parfois trop tard pour mettre à exécution l'autre projet qui lui tient à cœur. La revoir. Leur histoire bégaie. Retour trois ans en arrière, lorsque le mirage de Bercher s'estompait dans le néant. Quand la grippe espagnole et le service militaire faisaient la nique à la rencontre tant attendue.

Dès son retour en Suisse, Félix s'arrête à Genève et se précipite chez Sibyl. La porte est close, son amie est en Autriche. Un papillon orange s'envole du cahier prêté par Cécilia. Il annonce qu'en date du 8 août, à Vienne, Sibyl Weiss s'exprimera sur le thème de la Paix. Les autres orateurs sont des oratrices, venues de Chicago, de Stockholm et même de Hong Kong. Toujours militante et maintenant féministe, l'amie de mon toujours jeune père !

Il faut plus qu'un contretemps pour émousser l'entrain de Félix. Il insiste : *Savez-vous que je pense à une petite phrase que vous m'écriviez, il y a déjà quelques années. « Attendre, attendre (censuré en vain), c'est le bonheur ». Je suis donc très heureux, puisque j'attends encore le plaisir de vous revoir bientôt.*

Doublement révélatrice cette lettre-citation qui montre à nouveau combien les caractères des deux amis sont différents. Le *censuré en vain* met en lumière que les originaux de Sibyl sont, tout autant que ses brouillons, raturés et bourrés de repentirs ! Quant à mon père, il donne une nouvelle preuve de son indécrottable optimisme, puisqu'il avoue qu'attendre fait déjà partie du bonheur. *Nos lettres, par suite de leur espacement ont perdu de leur intimité... Je me réjouirais tant de pouvoir causer un peu...* De Zurich où il écrit, il suggère plusieurs lieux de rencontre : *Berne, Lausanne, ou même Genève, si je devais aller aussi loin !*

La réponse, je l'ai trouvée dans un brouillon. Mais était-ce une réponse ? A-t-elle reçu la lettre de Félix à temps ? L'a-t-elle seulement envoyé ce brouillon ? Son contenu m'était précieux. Il dévoilait l'affection qu'elle portait à son ami, et en même temps tellement d'indécision, voire de souffrance intime, que sa lecture en devenait bouleversante. *Où êtes-vous et comment vont vos pensées ? J'achève cette journée en pensant à vous. Mes livres et cahiers sont fermés. Au fond, même notre volonté ignore la direction que notre vie finira par suivre. Je laisse venir à moi les jours...*

Soudain, derrière ces interrogations existentielles, la porte s'entrouvre, la petite fêlure apparaît, discrète mais lancinante. Elle parle *du petit travail de chaque jour, la continuelle douleur, la perspective des minutes qui s'additionnent monotones, l'organisation simple et héroïque de la vie quotidienne.* Que cache cet héroïsme dont elle doit faire preuve dans sa vie quotidienne ? Pourquoi fait-elle part de sa continuelle douleur au béni des dieux à qui elle écrit ? Quel secret dissimule cette fusée de détresse lancée par voie postale ?

Vous êtes plus près de la réalité que moi ! Votre vie sera si belle puisque vous êtes un privilégié. Le mot est à nouveau lâché, privilégié. Serait-elle envieuse ? Mais non, elle a bien trop d'affection pour lui. Cette phrase n'est qu'un constat. Alors, elle digresse, change de sujet. Elle évoque l'Italie où il va se rendre bientôt et qui devrait l'enchanter par sa beauté. Le bavardage se poursuit. Elle a quelques projets, mais où ira-t-elle ? Elle l'ignore encore. Comment Félix pourrait-il percer la vérité dans ces digressions floues, dans ces atermoiements angoissants ?

Il part pour Milan sans l'avoir revue. *Quousque tandem ?* écrit-il sans craindre le ridicule de la grandiloquence latine. Puis, pour lui faire oublier qu'il se prend pour Cicéron perdant patience et apostrophant Catilina, il termine sa lettre en suggérant à Sibyl, non sans quelque humour, d'égarer quelque chose ou d'avoir une commission à faire à Genève. Pour qu'ils aient l'occasion de s'y revoir avant la fin de l'année.

Précisions

L'année s'achève et la rencontre n'a toujours pas eu lieu. Toutes les velléités de part et d'autre sont restées sans lendemain. Une lettre charmante accueille mon père à son arrivée à Milan. C'est un nouveau brouillon, fait exceptionnel sans aucune rature, qui m'en donne la teneur. *Vous voilà en Italie. Cela me fait un plaisir extrême. Nous nous reverrons bien un jour ou l'autre. Ceci a moins d'importance qu'une belle finale d'études et que la connaissance de la langue italienne.*

Cette rêveuse se met à louer l'intention de Félix de faire ensuite un stage de pratique dans une banque à Gênes. *Malgré mon amour de la métaphysique et de l'abstrait, je crois que je serais très capable de m'initier aux rouages financiers, seul fondement d'une connaissance historique un peu sérieuse.* Curieuse affirmation, de la part d'une jeune femme aussi cultivée. Assimile-t-elle la finance à l'économie ? Aurait-elle quelque raison cachée l'incitant à comprendre les circuits de l'argent alors que son intérêt personnel en semble tellement éloigné ? Toujours imprécise sur son propre avenir, elle parle de se rendre en Angleterre ou alors en Autriche. *J'entrevois même l'imprévu.* Sibyl suggère-t-elle à demi-mot que Félix pourrait en faire partie ? Comment deviner les pensées de la Chère Amie si elle-même n'y voit pas plus clair ?

Mon jeune père n'en démord pas, il veut la revoir. Ses messages deviennent brefs. Finis les longs épanchements des années de jeunesse. Il n'a plus envie d'écrire. Plus Sibyl est dans le vague, plus il devient concis et précis. De Milan, elle ne recevra que la carte postale du *Duomo* avec ses clochetons de pacotille, puis, dès son retour à Berne, une brève invitation à le rencontrer : *Accepteriez-vous de venir passer une après-midi à Neuchâtel ou à Bienne ? S'il fait beau, nous ferions une petite promenade. Sinon, nous pourrions causer dans le hall de l'hôtel où nous prendrions le lunch.*

Une solution à l'américaine pour ce rendez-vous qu'il fixe d'autorité au début du mois d'avril. Une semaine plus tard, il s'excuse de son audace ! Il craint que sa proposition ne tienne pas suffisamment compte des *restrictions sociales encore en vigueur en Suisse,* soit des conventions qui limitent les tête-à-tête sans chaperons entre jeunes gens du sexe opposé. Il la prie de n'y voir que *l'expression maladroite de son désir naturel de la voir, alors qu'il n'entrevoit aucune autre solution pratique.* Inquiet sur le sort de cette petite rencontre, il reprend la plume, dès le lendemain. *Mon inquiétude n'était peut-être pas dénuée de tout fondement.*

Soudain, l'horizon s'éclaire, elle a accepté ! Quelle joie de pouvoir lui dire : *À bientôt !* Les derniers détails sont fixés par télégramme. Comme un rendez-vous d'affaires. Je serre entre mes doigts le papier jauni de la poste de La Chaux-de-Fonds.

Prière confirmer date, excuses, Wanderer.

Sibyl ne peut plus reculer. Elle réceptionne le pli en provenance de Berne à 18h10, ce 6 avril 1922. Félix se présentera, le lendemain, à la Villa Rose, à Neuchâtel, à 14 heures. Ils ne se sont pas revus depuis plus de deux ans.

Debriefing

J'ai capitulé. Le temps n'était plus d'imaginer un tableau impressionniste, une promenade en barque hypothétique, des serments improbables. Je croyais les connaître tous les deux avec leurs belles phrases et leur connivence, je pensais pouvoir reconstituer cette nouvelle rencontre, la troisième seulement depuis le début de leur amitié, et devant moi, le vide, l'inconnu. À nouveau ce terrible trou noir.

J'avais sous les yeux le télégramme, un messager qui n'a plus cours aujourd'hui et dont la couleur bleue n'est plus qu'un souvenir. Je relisais les courriers de Félix à ses parents. Ceux de Félix à Sibyl. Un brouillon de cette dernière. J'étais incapable de me faire une quelconque idée de ce qui s'était passé. Du déroulement de leur entrevue. De ce qu'ils s'étaient dit ou pas dit. Bref, de faire la synthèse de ce fatras d'informations contradictoires.

J'avais besoin de Margot pour m'aider, m'épauler, me contredire. Elle a toujours été mon dernier recours. Mon appel est tombé au mauvais moment. Elle était grincheuse, elle faisait ses comptes et ses finances étaient au plus bas. Trop contente pourtant de tout lâcher « pour accourir à ton chevet », a-t-elle précisé, persuadée que j'étais à l'article de la mort.

« Je t'ai entendu tousser au téléphone et je t'ai cru grippé. Alors, tu es toujours plongé dans les chimères de ta Chère Amie ? » Je lui ai précisé, au cas où elle l'aurait oublié, que c'était la Chère Amie de notre père et non la mienne, puis je lui ai avoué mon désarroi :

« Je croyais pouvoir repriser ce tapis rempli de trous de mites. Cette correspondance sans correspondante. Je croyais pouvoir utiliser les fils tissés par Sibyl dans ses brouillons.

Je suis encore plus désorienté. Tout est confus. Tout fout le camp.» Ma sœur est pragmatique.

«Personne ne t'oblige à trancher dans le vif. Ils ne l'ont pas fait. Borne-toi à donner des pistes. Passe-moi ce classeur et prépare-nous un café». Sans attendre ma réaction, elle s'est plongée dans ces lettres que j'ai relues vingt fois. Lorsqu'elle a relevé la tête, elle arborait un sourire taquin que je lui connais bien.

«Et si nous faisions comme autrefois? Je te racontais mes premières expériences amoureuses et tu me décrivais tes papouilles avec les filles derrière la haie de la maison. On mimait les scènes!

— Nous incarnions chacun plusieurs rôles!

— D'accord. Je serais Sibyl et le confident de Félix. Il s'appellerait Nicomaque, a dit Margot.

— Je serais Félix et la suivante de Sibyl... que dis-tu de Stratonice? Quelles sont les règles?

— On a le droit de faire des citations, des plagiats, mais interdiction de s'écarter des faits avérés dans leurs écrits. Nous, nous conservons nos propres rôles. Nous tirons les ficelles. Cachés sur le devant de la scène, nous faisons des commentaires.

— Frappez les trois coups. Levez le rideau!»

Félix

Tragédie inachevée en trois actes

En vers alexandrins avec ou sans rimes… ni raison

Acte 1, Scène 1

Dans le jardin d'un petit restaurant à l'enseigne de la Villa Rose

Nicomaque
L'heure tant attendue est enfin arrivée.
Deux ans sont écoulés depuis votre rencontre
Et déjà vous songez à lier votre sort
À une jeune fille que vous connaissez peu.
Pourquoi autant de hâte ? Vous marier si jeune ?

Félix
Je la connais bien mieux que si, durant des mois,
Nous eussions vécu ensemble, côte à côte.
Songe à toutes ces lettres où, durant mon exil,
Je vis pleurer son âme et briller son esprit.
Mon cœur se veut orner d'un joyau aussi pur.
À jamais ! Pour toujours !

Nicomaque
                Félix, réfléchissez…
Votre front s'auréole de titres prestigieux.
Vos paroles de gloire, d'aventures sont parées.
Vos coffres sont remplis des écus paternels.
Des succès vous attendent que le présent vous cèle.
À la main des plus belles vous pouvez aspirer
À des filles de princes, pour vous béni des Dieux.

Félix
La belle Américaine ses lèvres m'a prêtées.
Du roi du cacao, elle était l'héritière.
Malgré les apparences, elle se disait pucelle.
Il soupire
C'est pour elle, pour Sibyl, que mon cœur se révèle.
La musique de ses phrases, la grâce de ses écrits
M'enchantent et me ravissent.

Nicomaque
                    Vos amis se marient
Les uns après les autres. Pourquoi les imiter ?
Le mariage n'est pas maladie contagieuse.
Soyez patient, Félix, Héra vous ouvrira
Sous d'autres cieux ses bras…

Lucas, *admiratif*
— *Pas mal…les rimes sont approximatives mais il y a de l'idée.*
Quel visionnaire, ton Nicomaque ! »

Margot, *pouffant de rire*
— *Accroche-toi dans le rôle de Stratonice !*

Acte 1, Scène 2

Sur le quai de la gare de Neuchâtel

Sibyl
Hâte-toi Stratonice… Qu'avais-tu donc besoin
D'emporter des sandwichs avec nous dans le train !
Je n'ai même pas pu manger une bouchée
Que cache ce souhait si pressant de me voir ?
Comment vais-je le trouver ? Me verra-t-il changée ?

Stratonice
Je m'en souviens fort bien comme si c'était hier
Qu'i'zyeutait vote béret et ce qu'y avait dessous,
Si ç'aurait été moi allant voir mon Colin,
J'aurais ben écrasé des fraises sur mes joues,
J'aurais orné mon sein d'un corsage fleuri
Plutôt que cette guimpe tout de noir assombrie.

Sibyl
Un rêve s'est levé au ciel de mes désirs.
La peur de l'inconnu a ravagé mon cœur.
Où me tourner ? De quoi demain sera-t-il fait ?
Souffrirons-nous tous deux de si grande illusion ?
Une tendre amitié peut-elle dans l'amour
S'épanouir un jour et s'y transfigurer ?

Stratonice
Amitié ou amour, pour moi c'est tout du même.
S'il vous aime comme amie, vous aimer comme femme
Le pourra bel et bien. Ne m'avez-vous causé
Qu'il termine toujours à la fin de ses lettres
Elle minaude
« Et pour vous, Chère Amie, mes sincères affections ? »

Sibyl
L'amitié de Félix est bien trop belle, crois-moi,
Pour être compromise par de viles caresses
Comme celles de ton Colin avec qui tu forniques
Et qui sans fard t'appelle « Ma joyeuse bourrique ».
Félix est fils de riche, mais c'est un gentilhomme
Dont la délicatesse a enflammé mon cœur.
Nous voici arrivées. Ciel, c'est lui que je vois !
Il parle avec quelqu'un. Qui cela peut-il être ?

Acte 1, Scène 3

À la Villa Rose

Sibyl
Tout bas
Mon cœur bat la chamade.
Tout haut
Vous m'attendiez, Félix ?
Un espoir si charmant me serait-il permis ?

Félix
…….

Sibyl
Vous êtes sans paroles. Que me vaut ce silence ?

Félix
…..

Lucas
— Désolé. J'ignore ce que Félix lui a dit, je te l'ai toujours dit.
Et puis, tu m'intimides avec tes pastiches.
Si tu convoques Andromaque, on n'est pas sorti de l'auberge.

Margot
— Dans ce cas, quittons la Villa Rose, et passons directement à l'acte 2.

Acte 2, Scène 1

Félix et Nicomaque se promènent sur la rive du lac de Neuchâtel

Félix
Dieu, comme elle était pâle, et combien ses pensées
Paraissaient assombries malgré le feu du jour !

Nicomaque
Sondez donc votre cœur, est-ce bien de l'amour
Ce que vous éprouvez ? Serait-ce pas plutôt
Ce lien si profond qui du miroir de l'autre,
Fait surgir un visage dénué de passion
Qui se complaît sans fin dans les goûts partagés,
Les lectures communes, les nobles idéaux ?
Ce que nos philosophes appellent *phyliae*,
Que nous, simples novices, nommons amitié.

Félix
Parlons-en justement, n'ai-je pas embrassé
Ces idées généreuses parce que c'étaient les siennes ?
Hélas ! Bien souvent aux principes inculqués
Par un père généreux mais trop conventionnel
Elles étaient opposées. Sibyl étoufferait
Dans leur morale étroite, leur bourgeois conformisme.

Nicomaque
Les Dieux sur votre front ont écrit le bonheur.
Les coups les plus sévères n'ont pas prise sur vous.
Votre heureux caractère habille chaque jour
De ses plus beaux atours. L'amour de la souffrance
Que chante votre amie me fait appréhender
Des chagrins inutiles que point ne méritez.

Félix
Pour Sibyl la souffrance d'inspiration est source.
D'épanouissement de la vie intérieure,
D'élévation de l'âme elle fait religion.
Elle a ouvert pour moi des portes infinies
Que dans mon ignorance j'hésitais à pousser.

Nicomaque
Ce sont billevesées que ce fatras de mots.
Je n'y vois pour ma part qu'angoisse pernicieuse,
Anéantissement de toute volonté,
Indécision malsaine.

Félix
                Qu'importe, si ainsi
Je me trouve moi-même ! J'aspire à m'abreuver
Dans l'eau claire de son âme.
Quoi ! Mon bonheur sans failles se complaît d'être né
Sous une bonne étoile ? Bel exemple béat
De niaiserie stupide ! Ne doit-on pas souffrir
Pour grandir un peu plus ?

Nicomaque
*L'amour commence par l'amour. L'on ne saurait passer de la
plus forte amitié à un amour faible.*
La citation est belle, j'ai oublié l'auteur.
Mais cela est sagesse. Si vous l'aimiez au point
De la vouloir pour femme, la question elle-même
N'aurait plus lieu d'être. Et votre confident…

Félix
Tes propos font vibrer une corde sensible.
Ma folle incertitude, hélas ne fait que croître…

Lucas et Margot cachés derrière un bouquet de bouleaux

Lucas
— Dis donc Margot, tu m'en bouches un coin avec la citation de Nicomaque.
De qui est-elle ?

Margot
— Si tu avais mieux révisé ton bac, tu le saurais !
C'est de La Bruyère, ignorant !

Acte 2, Scène 2

Dans le train qui les ramène à La Chaux-de-Fonds

Sibyl
La nature a doté mon esprit et mon âme
De ces nobles attraits qui en font la parure.
Le destin de Félix, ce protégé des dieux.
Doit se nouer ailleurs, autour d'autres richesses.

Stratonice
Je sais bien que tant d'autres feraient pas la grimace
Si faisiez abandon d'un si joli gaillard.
Pourquoi être chagrine ? Moi j'ai bien vu comment
Qu'il regardait vot'front. Comme s'il avait voulu
Le bouffer tout entier et tout le reste avec !

Sibyl
De mon front, tu l'as dit. Félix est amoureux
De ce qu'il y a dessous, de mes beaux traits d'esprit,
De ces touches plaisantes dont je peuple mes lettres.
J'ai poli, raturé, chaque mot, chaque phrase,
Afin que mes pensées finement modelées
Ressemblent au diamant dans toute sa clarté.
Mais a-t-il contemplé et mes yeux, et ma bouche ?

Et de les effleurer pourrais-je consentir
A lui donner le droit ? Et puis-je sans effroi
Devenir son épouse, porter tous ses enfants,
Et tenir son ménage, recevoir ses amis
Ennuyeux comme la pluie ? Ai-je donc tant appris
Calcul différentiel et trigonométrie
Pour subir un destin aussi terrifiant ?

Stratonice
En triconométrie, pour sûr, zètes ben fortiche.
Pourquoi vous affliger de faire ce qu'on fait toutes ?
Tricoter des chaussettes, élever des marmots…
J'ai point la cervelle faite comme la vot' toute pleine,
Mais ça me dirait bien des chiards de Colin
Éponger le derrière et préparer la soupe.

Sibyl
Si j'épousais Félix, j'aurais des domestiques
Mais je serais cloîtrée au foyer sans espoir.
Je veux être moi-même, tenir ma destinée,
Écrire avec succès, me battre pour mes sœurs,
Gagner la liberté, et pour elles et pour moi.

Assise derrière les deux jeunes filles
Margot, *soupirant*
— *Quelle belle envolée féministe ! Quelle gourde ta Stratonice ! Je crois que sa maîtresse, malgré ses idées généreuses, va se hâter de la renvoyer dans sa stratosphère. Mais écoute, Sibyl revient sur ses pas. Elle parle toute seule.*

Sibyl, *à part*
Ces piètres arguments ne tromperont personne
Si ce n'est Stratonice, ma servante bornée.
De tous ces pieux mensonges, je ne puis me leurrer
Las ! Il faut que je mente pour ne pas l'informer.

Mon secret est très lourd, mais ce n'est pas le mien.
Je me dois au silence, Félix ne saura rien.

Acte 2, Scène 3

Nicomaque et Stratonice attablés dans une gargote à La Chaux-de-Fonds

Nicomaque
Alors que t'a-t-elle dit ? Lui est-elle favorable ?

Stratonice
Elle semble préférer, à ce que j'ai compris,
Calcul pestilentiel et triconométrie.
Pour c'qui est des caresses, c'est pas trop son affaire !

Nicomaque
Très chère Stratonice, approche-toi plus près.
Es-tu bien sûre au moins qu'aucun sombre secret
Dont tu aurais ouï n'endeuille la demeure
Et plonge la jeune fille dans ses tristes humeurs ?

Stratonice
J'savons ma foi trop rien de c'qui s'y manigance
Mais donne-moi ta bourse pour bien nourrir ma panse.

Lucas
— Alors qu'en penses-tu, Margot ? Nicomaque en est pour ses frais. Il n'a pas réussi à tirer les vers du nez de Stratonice ! Soit celle-ci n'a rien compris au film. Soit elle est plus futée qu'on ne le pense.

Acte 3, Scène 1

Une semaine plus tard, devant le Mur des Réformés, à Genève.
Sibyl
La souffrance est un baume, et c'est ma destinée.
L'avenir qui m'attend suscite mon émoi.
D'autres l'ont préparé, je n'ai qu'à m'incliner
Et remettre mon sort à bien plus Grand que moi.

Félix
Nous nous connaissons mal, moi-même je m'ignore.
Sous peu, dans quelques jours, en Italie j'irai.
L'attente est dangereuse. Lorsque je reviendrai,
À nouveau bons amis comme aux jours d'autrefois,
Nous aurons tout loisir de nous rapprocher mieux.

Sibyl *murmure, presque inaudible*
Toujours serons amis, ne vous inquiétez point.
À part
Mon affection pour lui est plus grave et plus tendre
Qu'en ce passé lointain où je devais l'attendre.
Je crois vivre l'instant où l'on ne sait comment
On aime ou aimera… Tais-toi Ô ! Mon tourment.

Lucas, *tout bas*
— A-t-elle dit amis ou unis ?
Margot
— *Chut, je n'en sais rien.*

Acte 3, Scène 2

À la nuit tombée, dans l'île aux barques, aujourd'hui l'île Rousseau.

Nicomaque
Vous vous êtes revus. Et quelle est sa complainte ?

Félix
Cela ne sera pas. Passons…

Margot et Lucas, quittent lentement le devant de la scène.

Cela ne sera pas

Cela ne sera pas ! Quel beau leurre que le mode impersonnel ! Soit Félix s'est rendu aux arguments de Nicomaque, soit Sibyl l'a éconduit. Ou bien les deux. Il s'est rendu aux arguments de Nicomaque après qu'elle l'ait éconduit. Où est la vérité ?

Les jeux de rôle de Margot sont diaboliques ! Ressusciter le confident des tragédies et des comédies classiques où le héros, intimement associé à son double, devient un parfait schizophrène. Le confident est sa voix intérieure, le porte-parole de la raison face à la passion. Il argumente avec calme et pondération face à l'amoureux torturé par des sentiments contradictoires. L'un pèse le pour, l'autre le contre. La vérité en sortira-t-elle ? Le choix sera-t-il le bon ? La sagesse du confident devrait lui valoir le devant de la scène. Il recueille les doutes, les incertitudes de son maître, tente de les élucider, de les clarifier. C'est lui le vrai héros de la pièce.

Je divaguais, pour autant j'étais au plus près du sujet. Confident ou ami, c'était du pareil au même. Conseiller l'autre est la vertu première de l'amitié. Sibyl n'a pas fait différemment pendant trois ans en jouant les mentors auprès de mon jouvenceau de père. Au point de s'oublier et de rarement parler d'elle-même.

Félix a changé, mûri au cours de ses voyages. Sibyl ne reconnaît pas l'homme qu'il est devenu. Mon jeune père ne se cherche plus comme auparavant dans le miroir de sa Chère Amie. Il cherche femme et croit sincèrement que Sibyl est Héra.

L'homme et la femme se retrouvent face à face, à ce point d'équilibre où ils sont tous les deux adultes.

Faites vos jeux ! Comme au casino.

Mais rien ne va plus.

Sibyl s'est dérobée. Mon père a reculé.

Au Bic rouge

Margot m'a cueilli au saut du lit. Elle s'est moquée de mes dernières digressions.

« N'as-tu rien remarqué en écoutant les arguments de Nicomaque ? Un autre personnage, bien connu de toi et de moi, est déjà dans les coulisses. *Dea ex machina*, Héra en personne, Fleur ! Ouvre le classeur d'Anémone ! Avant toi, avant notre sœur, elle a relu toutes les lettres de Félix à ses parents. Après la mort de ce mari si parfait et tant aimé, elle s'est nourrie de souvenirs pour oublier son chagrin. Non contente d'avoir été la seule et l'unique depuis qu'il l'avait épousée, elle s'est rétroactivement confortée dans l'idée qu'il en avait toujours été ainsi. »

Margot est démoniaque. Elle a épinglé les petites mentions faites au Bic rouge au début de trois lettres. J'ai reconnu l'écriture fine et serrée de Fleur.

De Berne, Hôtel Kreuz, le 13 avril, il écrit :
J'ai revu mon amie, ce revoir m'a troublé. Les quelques heures n'ont pas suffi et je reste dans une incertitude plus grande qu'auparavant.

Incertitude au sujet de SW, commente le Bic rouge de notre mère qui tremble rétrospectivement.

De Genève, Hôtel des Familles, le 24 avril, il poursuit :
J'ai eu raison de venir à Genève. J'y ai gagné une vision plus claire. Cela ne sera pas. Passons.

Fin de l'incertitude vis-à-vis de SW, écrit, implacable, le Bic de notre mère.

De Genève, Hôtel des Familles, le 28 avril, il s'exclame :

Cela donne du repos à l'esprit et au cœur de ne plus être amoureux. Quelle tranquillité d'avoir constaté que la nature de l'affection était autre et qu'on peut rester bons amis, comme autrefois !

Félix se prépare à aller à Gênes, soulagé d'en avoir terminé avec son incertitude au sujet de SW, conclut avec satisfaction le Bic rouge de notre mère.

Troisième partie

Docteur Jekyll

Félix n'est plus amoureux. Du moins l'a-t-il affirmé un peu légèrement à ses parents. Tant mieux ! Fleur nourrira ses certitudes de ces quelques lignes trompeuses. Pourtant, ce qui peut passer pour un aveu, ressemble plus à de l'auto-persuasion doublée d'un sentiment de culpabilité.

Au cours de l'entrevue de la Villa Rose, mon père a *cassé quelques vitres*. L'expression est malheureuse, mais elle émane de lui. Sibyl souffre et le laisse transparaître dans ses lettres. La correspondance se poursuit, mais quelque chose a changé. Le balancier a marqué un temps d'arrêt à son point d'équilibre. Il poursuit sa course, en sens contraire.

L'ami se croit responsable de la tristesse de l'amie et cherche à la consoler. Sibyl voit le temps qui fuit comme de l'eau entre ses mains. Ses études terminées, la vie active l'attend. Félix affirme sans se rendre compte qu'il parle pour lui plus que pour elle : *Vous transportez le bonheur avec vous.* L'optimiste aimerait chasser les corbeaux noirs qui enserrent le front de Sibyl. Il suggère : *Prenez la vie à la légère à l'instar des jeunes filles américaines.* Il se met à décrier le sort peu enviable de la petite-bourgeoise condamnée à une vie qui amputerait une partie de son être ! Chercherait-il à la dégoûter de ce qu'il était prêt à lui offrir un mois plus tôt ? *Vous êtes au début d'une période riche et féconde. Partez pour l'étranger. Vous y trouverez des joies insoupçonnées.*

S'aventurant ensuite sur un terrain qui leur est commun, la politique, il se met à raconter une discussion à laquelle il a pris part dans leur association d'étudiants genevoise. Le comble ! Je découvrais un père totalement inconnu, voire antipathique. Prônant le militarisme prussien et japonais, le droit de l'élite de s'imposer par la force. Allant même jusqu'à affirmer l'infériorité des *nègres* ! Quel mauvais génie rôdait autour de Félix, ce jour-là ? Lui qui ne tiendra jamais un seul propos haineux devant ses enfants ?

Pourquoi aller dans ces extrêmes et pourquoi les relater à sa Chère Amie, dont il connaît parfaitement les penchants généreux, aujourd'hui on parlerait d'idées de gauche ? Pourquoi si ce n'est pour se dépeindre sous les traits les plus abjects, de la même manière qu'il vient de peindre en noir la vie bourgeoise à laquelle Sibyl va échapper en ne l'épousant pas ? Fallait-il prendre ces propos racistes, qui aujourd'hui font horreur, comme une preuve de la générosité de Félix ? L'Ami devenu repoussoir, Sibyl ne nourrirait plus aucun regret. Félix se serait complu dans ce petit jeu infâme, le jouvenceau aimable se dépeignant en affreux réactionnaire. Docteur Jekyll transformé en Mister Hyde ? Pures spéculations du spectateur que j'étais, auditant son personnage par le petit bout de la lorgnette, à des années-lumière des mentalités de ce début du XXe siècle.

Le tableau du pire brossé, l'antihéros décoche une dernière flèche : *Nous avons dû faire le constat de divergences assez profondes dans nos affinités. Ces différences ne nous permettent pas de songer au-delà.* Songer au-delà. Ils y ont donc pensé tous les deux. Mais en ont-ils parlé autrement qu'à mots couverts ? Le mystère est toujours aussi épais. Mon père termine par une tautologie qui tombe comme une accusation aux pieds de son amie rêveuse : *La vie se vit, pourquoi la penser ?*

La situation s'est retournée. Félix ne s'adresse plus à son idole mais à une petite fille angoissée à qui on offre une sucette. *Cela ne nous empêchera pas d'être d'affectueux amis.* L'a-t-il vraiment consolée ? L'Ami joue au grand frère. Avant de fermer son enveloppe, conscient de ce nouveau rôle, il tente en vain de se racheter : *Me pardonnez-vous de vous gronder pareillement ?*

Chapeau melon et chaussures vernies

La lettre suivante adopte le même ton moralisateur. Maintenant qu'elle a le titre de professeur de mathématiques, Félix la décourage de s'habiller en tailleur noir. Sibyl lui a fait une description d'elle-même peu affriolante, lorgnons, mine renfrognée, vêtements sombres et stricts des enseignantes vieilles filles. Elle le provoque. Puisqu'il a noirci la vie de petite-bourgeoise qu'il aurait pu lui offrir, elle en remet une couche avec son look sévère. Histoire de lui démontrer qu'elle n'est pas dupe.

Sans se douter de la moquerie implicite, il poursuit sa démonstration. *Nous opérons nous-mêmes notre classification sociale par le choix de nos vêtements et de notre attitude ! Nous sommes jugés pour trois quarts d'après notre aspect extérieur et pour un petit quart d'après notre valeur intrinsèque.* D'où tient-il ces proportions rigoureuses ? D'un manuel de savoir-vivre de sa mère ou des conversations avec les jeunes étudiantes de Radcliffe ?

Quoi qu'il en soit, il applique ses principes sur sa propre personne. À peine débarqué à Paris, l'année suivante, il se constitue une garde-robe de jeune dandy : un costume d'hiver, une paire de chaussures vernies, deux caleçons de laine (!) et un parapluie… Il projette l'achat d'un chapeau melon et d'un chapeau de paille, d'un costume demi-saison, d'un costume-jaquette, de chemises, de cols, de chaussettes. Ce n'est pas à Sibyl qu'il dévoile des préoccupations aussi futiles et terre à terre, mais à Adrienne, heureuse de le savoir si bien vêtu, et accessoirement à son père qui fournit de quoi éponger des dépenses aussi excessives.

Va-t-il devenir avec Sibyl un affreux sermonneur ? Il s'en défend et reprend un thème qui lui est cher, leur amitié. Une amitié qui autorise le droit à l'absolue franchise et qui implique l'entière confiance. Jamais il n'a si peu parlé de lui, jamais il ne s'est autant préoccupé d'elle. De l'apparence de son amie mais aussi de ses projets de voyage. Il vante les charmes des États-Unis. Sans la convaincre. Il lui déconseille un séjour en Italie, *où les jeunes filles sont condamnées à devenir romantiques et même neurasthéniques.* Mise en garde qu'il doit estimer judicieuse et nécessaire, compte tenu de la personnalité de son amie !

Iris

« Alors il décristallise ? » Chaque fois qu'Iris vient me voir, elle m'apprend de nouvelles expressions. Celle-ci me plaît. Elle correspond parfaitement à l'image de mon jeune père, parti pour Gênes, le pas élastique et le cœur soulagé. Il n'est ni prêt à contempler la pureté du cristal ni à en affronter les aspérités. Ma fille a le don de mettre le doigt sur des vérités qui m'échappent. Peut-être cela vient-il du fait qu'elle fréquente des jeunes gens de l'âge de Félix lorsqu'il a rencontré Sibyl. Le vieux père d'Iris, que je suis, pourrait être le grand-père de ce Félix-là.

« Que vas-tu faire maintenant ? Ils n'ont pas couché ensemble, il ne veut plus l'épouser. Rideau ! » Pour Iris, toute histoire qui ne se termine pas au lit est totalement dénuée d'intérêt. Comme de regarder un film sans grignoter du pop corn.

« Mais pas du tout. Je pense que ta grand-mère Fleur se réjouissait un peu vite avec ses annotations au Bic rouge. C'est maintenant que l'histoire de Félix et de Sibyl en devient vraiment une. Leur amitié a survécu, au-delà des mers, au-delà des frontières, au-delà des guerres, au-delà des années. Comment expliques-tu une telle pérennité ? Le sexe n'est pas nécessairement la clé de l'amour ou du moins pas de cette sorte d'amour qu'est la vraie amitié. »

J'ai renoncé à expliquer à Iris la différence entre Éros, l'amour passion indissolublement lié au sexe, et Philiae, l'amour joie qui se contente de la seule existence de l'autre. Un amour qui ne se réduit ni au manque ni à la passion, selon Aristote. Je n'avais pas de Nicomaque pour me conseiller. Mon seul interlocuteur, ce soir-là, était l'écran de mon PC.

Alba avait raison. Je n'étais pas un bon père. J'entendais déjà la remarque lapidaire de ma fille.

« Tu me prends la tête avec tes leçons de philo. »

Intermittences du cœur

Il est parti pour l'Italie, le pas souple et le cœur soulagé. Il ne reviendra en Suisse que quelques jours pour cueillir ses lauriers à Berne, sa thèse est enfin acceptée. Sa vie professionnelle va pouvoir démarrer. À Gênes, il s'initie aux encaisses documentaires dans une banque de la place. Le travail est loin d'être écrasant et les jeunes filles italiennes ne sont guère à son goût ! Il leur préfère les grâces immortalisées par les peintres de la Renaissance dans les musées de la Péninsule. Durant l'été, il entreprend un voyage à Florence, à Rome, à Naples et à Venise avec deux jeunes amis américains dont un spécialiste de l'histoire de l'art. Il en reviendra conquis par toutes ses découvertes. Mais Sibyl n'en apprend pas grand-chose. Pour toute nouvelle, elle reçoit l'image de quelques bâtiments lépreux donnant sur l'Arno sur une carte bistre qui rend bien mal l'atmosphère si douce de Florence. A-t-il seulement eu une pensée pour elle lorsqu'il paressait dans une gondole, sous le pont du Rialto ?

L'année se termine par l'envoi de vœux *les meilleurs et les plus sincères* sur une simple carte. Elle représente une jeune femme au corsage fleuri versant de la citronnade à deux jeunes enfants, sous un pommier. Appuyé sur son maillet, le garçon a suspendu la partie de croquet, qui se joue derrière lui, pour venir boire. Pas vraiment de quoi étancher la soif de la Chère Amie qui a pris le parti de bouder les lettres de son ami.

De retour à Paris, en stage dans une maison de commerce, Félix est affecté au contentieux et gère les réclamations. Il n'en reçoit aucune de Sibyl. Celle-ci est toujours aux abonnés absents. S'en est-il seulement aperçu, tout occupé qu'il était à découvrir la Ville Lumière ? Apparemment oui, car il continue à lui envoyer des cartes postales. Par étourderie, à quelques semaines d'intervalle, il lui envoie deux fois la même, la Sainte Chapelle. Avec une note hâtive. *C'est toujours avec un bien vif plaisir que je lis vos messages. Aussi veuillez noter ma nouvelle adresse...*

Le renouveau

Il faut attendre le mois d'août de l'année 1923 pour que le dialogue soit vraiment renoué. Plus intense encore que dans les premières années. Ce renouveau, Sibyl le salue à sa manière. Elle commence une nouvelle numérotation comme elle l'avait fait, en 1918. Sans doute lassée de la première, elle s'était arrêtée au numéro 28. Une longue missive envoyée de Cambridge, dithyrambique sur les qualités des Américains. Démontrant par cet abandon, si je ne l'avais pas encore compris, qu'elle ne portait pas dans son cœur les habitants d'outre-Atlantique

Dessinés au crayon bleu, les nouveaux chiffres sont énormes comme si elle voulait signifier l'importance de ce regain inattendu. À côté de chaque numéro, le mois est noté en chiffres romains, l'année en chiffres arabes au-dessus de l'adresse, toujours la même

Mademoiselle
Sibyl Weiss
9 Rue des Tourelles
La Chaux-de-Fonds
~~~~~~~~~~~

La petite ville jurassienne est soulignée d'un trait qui ondule comme des vaguelettes à la surface d'une rivière. Comme en 1918! Pour Sibyl, cette continuité s'inscrit dans une progression presque miraculeuse. Le jouvenceau est devenu un homme rempli de sollicitude qui s'intéresse aujourd'hui autant à elle qu'à lui. Félix se penche sur son bonheur et sur sa vie. Elle ne sait toujours pas ce que sera son avenir et pour la première fois, elle se laisse porter.

Après les lettres 1 et 2, surgit enfin une réponse, un brouillon de Sibyl apporté par Cécilia et retrouvé dans le cahier de moleskine. La lettre 1 est un long plaidoyer en faveur d'un retour au statu quo ante, aux échanges épistolaires. Les citations parlent d'elles-mêmes. *Mon silence prolongé a-t-il pu vous faire croire que mon amitié, ma grande affection pour vous ont diminué ? Oh, j'espère que non, et pourtant je crains un peu que oui… que vous interprétiez le manque de nouvelles comme de la négligence de ma part. J'ai craint la banalité d'une lettre écrite dans la hâte… Pourtant le silence rend plus difficile un échange d'idées. Insensiblement, hélas malgré nous, nous nous éloignons loin de l'autre. Si ce n'est pas le cas, si nos chemins demeurent parallèles, entre eux se dressent et croissent des broussailles de plus en plus touffues, par négligence d'y donner de temps en temps les coups de serpe nécessaires.*

D'où vient un tel retour de flamme ? Car flamme il y a à nouveau. Écrirait-il la phrase suivante si ce n'était le cas ? *Loin des yeux, loin du cœur, mais non loin de l'expression du cœur… La conversation est plus facile que la correspondance. D'autres personnes moins chères recueillent nos confidences. L'ami est frustré… Des pensées restent inexprimées…*

La lettre a été postée en Suisse. Est-il revenu pour y poursuivre de nouvelles études ? Pour effectuer un nouveau stage ? Pour retrouver Sibyl ? Rien de tout cela. Il est en convalescence dans une petite commune, près de Leysin. *À la recherche d'ozone, pour ramener à la normale le nombre de mes globules rouges un peu trop prodigalement dépensés !* Ce ne serait pas très sexy de raconter à son amie qu'il souffre des séquelles d'une jaunisse contractée l'année précédente, à Gênes ! La médecine de l'époque n'a qu'un seul credo, les séjours à la montagne où respirer l'air pur. Mais Félix n'est pas contaminé par le sinistre bacille de Koch qui répand la mort dans les sanatoriums de Leysin. S'il s'est rapproché de ce grand parking pour tuberculeux qu'est devenue la petite station vaudoise dans l'entre-deux-guerres, c'est pour la simple raison que l'un de ses amis y exerce le métier de médecin.

Je m'adonne sans remords à mes instincts paresseux, sans autre obligation mondaine que d'être dans les environs de la salle à manger aux heures des repas! J'observe la course des escargots et les efforts musculaires des fourmis qui ne savent pas ce que c'est que de savourer des vacances.

D'autres vacances à la montagne surgissent dans sa mémoire. Celles passées à Loèche avec sa mère, cinq ans auparavant. Lorsqu'il décrivait longuement à Sibyl qu'il venait tout juste de rencontrer, ses expériences de magnétisme sur des insectes inoffensifs, alors que la guerre des tranchées additionnait ses derniers cadavres. Le souvenir des projets de rencontre qu'il faisait dans sa petite chambre d'hôtel et leur cortège de contretemps ravive son envie de la revoir. Difficile cependant, après l'épisode de la Villa Rose, l'année précédente, de se montrer trop pressant. Habilement, Félix demande *si les parages des Diablerets* (il s'y trouve actuellement), *où vous avez séjourné un été, vous attirent encore, et si vous ne songeriez pas à y passer une partie de vos vacances?*

Comme cela est adroitement tourné! Car, bien évidemment, ne devrait-elle pas être attirée par lui plutôt que par ces diables de Diablerets? La conclusion est plus directe. *J'espère que le facteur m'apportera bientôt un long message de vous.* Rien n'est plus clair!

Peinture

La lettre 2, dans la numérotation renouvelée, apprend à Sibyl que Félix a voyagé en Suisse avec son patron parisien. Ils ont visité un grand nombre de villes, dont Le Locle, à un jet de pierres de La Chaux-de-Fonds. Mais en dehors d'une pensée envoyée à la hâte à son amie, que peut faire le jeune homme en service commandé et coiffé par un chef uniquement intéressé à vendre du cacao ?

La réponse de Sibyl, ou plutôt le brouillon de cette réponse, est révélatrice du caractère bien trempé de l'amie. Elle n'hésite pas utiliser un passé simple peu usité pour exprimer sa rage *de savoir que vous fûtes à proximité immédiate de notre froide ville et apprendre que la fatalité vous la rend inaccessible. C'est presque recevoir une triste nouvelle !*

Elle envisage même *de le punir en lui envoyant une lettre brève et sèche lui disant qu'il vaut mieux ne pas lire de trop longs discours mais dévaler en ski, en luge ou en bob le long des pentes neigeuses.* Punir ! La prof de maths du gymnase de La Chaux-de-Fonds emploie le vocabulaire de sa nouvelle fonction. Mais peut-elle demeurer silencieuse quand le cœur bondit de joie à l'idée que Félix est de retour au pays ? Impossible de traiter aussi mal son ami polisson. Impossible de cacher plus longtemps l'affection dont elle ne s'est jamais départie. *Hélas, je n'ai même pas la capacité de mentir, ce m'est un plaisir de vous écrire, donc je vous écris.*

La franchise est dans sa nature, l'intuition son privilège. Elle n'a pas appris grand-chose du voyage en Italie de mon père. Mais elle sent que son ami évolue, que sa sensibilité s'affine. Même si elle est trop modeste pour s'imaginer une quelconque responsabilité dans cette nouvelle orientation.

Elle l'entraîne sur un nouveau chemin de traverse, l'art, et digresse longuement sur sa récente découverte d'un peintre valaisan encore inconnu. Elle est tombée sous le charme de cette peinture *qui s'apparente à Vinci par l'intensité de la pénétration psychologique, à celle de Durrer par la complexité de l'imagination, mais qui sait être moderne et transcender le passé.*

J'ai appris, grâce à Sibyl, l'existence de Charles Clos Olsommer, peintre fortement influencé par le Symbolisme dont la maison, à Veyras, près de Sierre, est devenue récemment un Musée. La vision de ces femmes en pleine méditation, les titres de ces dessins, *Prière, Vie intérieure*, m'ont dévoilé de nouveaux aspects de la personnalité de l'amie. Elle a tissé dans ce dernier brouillon quelques fils colorés de plus dans le vieux tapis que je m'acharnais à recoudre. Le dernier brille comme de l'or. *Vous continuez d'être l'heureux privilégié auquel je pense avec affection.*

Après avoir écrit cette unique phrase sur le dernier feuillet, Sibyl se ravise et censure son élan. Elle la rature par deux fois, selon son habitude, puis la corrige pour la rendre impersonnelle. *Vous continuez d'être l'heureux privilégié auquel il faut que l'on pense avec affection.* Félix n'a-t-il reçu que cette deuxième version ? Suis-je le seul à connaître la première ? Dommage que Cécilia n'ait pas retrouvé d'autres brouillons !

Lutins

L'amie est toujours aussi chère dans le cœur de Félix. Mais les rôles continuent à s'inverser. Son ton devient badin, il se mue en grand frère cherchant à divertir sa petite sœur. Au point d'inventer des petits lutins malicieux qui lui auraient fait un croc-en-jambe pour le faire chuter méchamment devant le sanatorium de son ami. Cela sonne comme un conte de fées nordique et le blessé minimise les dégâts. Œil poché, fissure à la base du crâne, hématome provoquant un strabisme. Il conclut joyeusement. *Si l'on n'arrive pas malade à Leysin, on l'y devient!* Pas question d'affoler Sibyl mais expliquer le silence. Il est bien difficile d'écrire lorsqu'on vous fait des piqûres dans la tempe et avec un bandeau sur l'œil!

Pour se faire pardonner, les lutins ont abrégé la convalescence, plus rapide que prévue. Le ski et le télémark lui étant interdits, Félix est pris d'une boulimie de lecture. Il lit *The Story of Mankind, une Histoire de l'humanité*... qui le transporte des amibes à la Ligue des Nations!

Scrutant sa boule de cristal, mon jeune père rêve d'une nouvelle rencontre avec l'amie. Un saut à Lausanne ou à Neuchâtel, depuis son lieu de convalescence, serait tellement facile! *Il y a si longtemps que nous ne nous sommes pas vus!* dit-il, oubliant les désillusions de la Villa Rose, deux années auparavant. Le voici faisant de nouveaux plans sur la comète, croisant les doigts pour que la météo soit favorable et que Sibyl puisse le rejoindre un jeudi, un samedi ou encore un dimanche d'avril.

Cette fois, il n'était pas question d'informer Margot. J'avais décidé de me plonger en solitaire dans ce nouveau trou noir. Je ne convoquerais ni Nicomaque et encore moins Stratonice pour tenir la main des deux amis. Au risque de me planter à nouveau dans mes nébuleuses interprétations!

Brève rencontre

Pas grand-chose à interpréter, il suffisait de lire. Désormais, Félix est beaucoup plus attentif aux réactions de sa compagne et l'écho qu'il en fait est suffisamment explicite. À peine se sont-ils revus qu'elle lui a envoyé une carte à Marseille où il est retourné chez ses parents. Il lui répond immédiatement car il la sent mélancolique et regrette de ne pas l'avoir gardée plus longtemps avec lui en cette fin de journée passée à Neuchâtel. Pourquoi n'a-t-il pas attendu le train suivant avant de la rendre à sa famille ? *L'après-midi a été trop courte, si courte que nous n'avons pas songé à la séparation.* Mais chez lui, pas de nostalgie. Simplement le souvenir d'un moment hors du temps, comme s'il s'était arrêté de couler, comme s'ils avaient poursuivi un entretien cessé la veille. *Transportés dans l'atmosphère d'antan, ils ont parlé de tant de petites choses !*

Pourtant, au détour d'une phrase, la vérité saute aux yeux. Elle s'est reproché de n'avoir pas exprimé ses sentiments. Elle n'a pas osé le faire en sa présence et se borne à le mentionner discrètement dans sa carte. Il reprend ses termes mais fait semblant de ne pas avoir compris. Il veut éviter le piège de l'aveu qui irait au-delà de la simple amitié. *Pourquoi exprimer des sentiments qui n'en ont pas besoin ? Ils imprègnent toutes nos relations et sont la base subconsciente de toute notre conversation.* La psychanalyse et le subconscient viennent à point pour sauver la mise à Félix. Si Sibyl espérait autre chose que de simples bavardages à bâtons rompus, si elle attendait une déclaration, des serments, elle en a été pour ses frais.

Félix poursuit encore… *Les sentiments plus graves, on les écrit, on ne les dit pas, car un simple sourire suffit. Autrement, je me reprocherais d'avoir été insuffisamment affectueux, mais superficiel et égoïste.* Pourtant cet entêté se garde bien de formuler par écrit ce qu'il ne veut toujours pas s'avouer. Il change de registre, la supplie seulement de chasser la brume grise qui flotte autour de son beau visage. N'en est-il pourtant pas inconsciemment la cause ?

Il conclut par une métaphore. Elle lui a dépeint les événements de sa vie d'une teinte rose pâle. Il se demande si le tube de couleur touche à sa fin et si la provision ne pourrait pas être renouvelée. Pour un peu, il citerait Ronsard :

Cueillez dès aujourd'hui les roses de la vie.

Petit traité du bonheur

Loin de ressentir de la nostalgie, de la mélancolie comme Sibyl, mon père a puisé une stimulation féconde dans ces retrouvailles, les quatrièmes du genre. Leur rareté en fait tout le prix. Pleinement conscient de toutes les qualités de sa Chère Amie, il la dépeint sans flagornerie avec tact et justesse. Point de brouillon hélas pour m'éclairer sur les éblouissements de la jeune femme en visite à Paris. Félix en rapporte l'essentiel : *D'instinct vous êtes entraînée vers les lieux où brille l'esprit, vos sens sont affinés pour voir et pour sentir, vos descriptions ont quelque chose de précieux, tantôt une fine ciselure, tantôt un coin de large fresque.* C'est maintenant Félix qui brode de nouveaux motifs sur le tapis magique. L'homme cultivé qui a veillé sur mon enfance a été imprégné, façonné par les goûts délicats de Sibyl. Un constat qui réveille en moi ce regret d'en savoir si peu sur elle.

Elle, sur le point de quitter la Suisse une nouvelle fois, de traverser la Manche pour apprendre l'anglais. Pour se changer les idées ? Pour mettre une mer, à défaut d'océan, entre elle et Félix ? Submergée par l'appréhension, elle lui en fait part. Elle sait que ce mot ne fait pas partie du vocabulaire de son ami. Mais qui, mieux que cet éternel optimiste, pourrait lui donner le remède infaillible pour combattre ses angoisses ? Ce n'est pas une ordonnance médicale mais un véritable petit traité du bonheur qu'il rédige avec son entrain et son application habituels. Nul doute que cette lettre marquée du chiffre 8, selon la nouvelle numérotation, aura été précieusement conservée et relue tout au long de la vie de sa destinataire.

Premier précepte :

Mettre dans la balance les avantages de la situation passée avec ceux de la situation future et apprécier les nouveaux au détriment des anciens.

Corollaire du premier précepte :

Ne pas se retourner en arrière ni éprouver des regrets pour ceux avec qui des liens ont été tissés auparavant.

Second précepte :

Ignorer le mal qui est inévitable. Il ne mérite pas qu'on s'occupe de lui. Quant au bien, tenter d'en augmenter sa dose...

Dit autrement, ne pas s'en faire. Mais en chaque chose, faire de son mieux et se contenter du résultat, quel qu'il soit. Toutefois, lorsqu'on a commis une erreur ou une faute, faire en sorte qu'elles ne se reproduisent pas la fois suivante.

Félix ne craint pas les critiques que ne manquera pas de lui faire son amie. Il se moque doucement de sa petite morale bourgeoise au ras des pâquerettes. Sibyl risque de la trouver méprisable, voire grotesque. Il se garde bien de qualifier ses préceptes de philosophie de la vie. Modeste, il précise qu'il ne s'agit que d'hygiène mentale et de pragmatisme.

Il conclut son mini-traité par une comparaison difficile à interpréter. *Je crois à votre bonheur. Peut-être pas de la façon dont vous le souhaitez actuellement. Des circonstances extérieures défavorables peuvent n'en être que les conditions préalables. Les piliers de la charpente trempent parfois dans l'humidité.*

L'humidité à laquelle il fait allusion serait-elle causée par les larmes qu'il fait couler ? Mon jeune père se rendrait-il compte qu'il la fait souffrir ? Il se questionne : *Je me suis demandé parfois si nos rencontres régulières ne risquaient pas d'entraîner chez des tiers des déductions peu exactes par suite d'une méconnaissance du caractère si beau et si simple de notre amitié faite d'affection quasi fraternelle et exempte d'arrière-pensées.*

Connaît-il ces tiers malfaisants qui épieraient leurs rares rencontres et verraient d'un mauvais œil leur rapprochement innocent ? Des fantômes inconnus rôderaient autour de la jeune fille, si masqués que Félix serait dans l'impossibilité d'en appréhender la malignité. Pour lui comme pour moi, le brouillard est aussi épais que sur les ponts de Londres.

Poésie

Une chose est sûre. Félix aime Sibyl. Un amour si pur qu'il le qualifie d'amitié. Pour appuyer cette déclaration qui en est une, il s'approprie les vers d'un poète anglais dont il ne révèle pas le nom.

What is Friendship? 'tis a breathing spell
The softest sound, that lips have ever spoken,
A thing too pure, on this cold earth to dwell
A silken knot, scarce tied, ere it is broken
And yet, it is the guiding star of all our hopes
Our joy and solace, in this world of care
And cold must be the heart and sad the soul
That has no friends, its joys, its griefs to share

Amitié qui es-tu ? Le temps suspendu,
Un murmure attendrissant issu de nos lèvres,
Un sentiment trop pur pour séjourner sur la terre glacée...

Quelle plus belle image que *ce nœud en soie à peine noué avant de se défaire* pour exprimer ce qui gonfle son cœur ? Nul besoin d'autres liens moins chastes. *C'est l'étoile qui guide nos espérances dans ce monde d'adversité...* Mais pourquoi le nœud de l'affection est-il si ténu ? Qui s'acharne à vouloir le déchirer ?

Après cette grande envolée lyrique, le grand frère retombe les pieds sur terre. Il revêt à nouveau le costume du mentor. Émerveillé à l'idée qu'elle va glisser dans ses valises les robes qu'elle a confectionnées de ses mains, il lui rappelle, toujours sanglé dans sa morale conservatrice, *combien la toilette est un atout social qu'il est bon d'avoir dans son jeu, spécialement à l'étranger.* Il la félicite d'agir si sagement, ajoutant une restriction. *À condition que la mode soit la même là-bas.* Se méfierait-il du manque de goût helvétique, ce Suisse francisé ? Un vieux dicton allemand monte aux lèvres du polyglotte pour conclure la leçon de savoir-vivre :

Bescheidenheit ist eine Zier, doch weiter kommt man ohne ihr. Modestie est vertu, le monde ne s'en soucie.

Comme les lettres des premières années, la missive numéro 8 coule de la plume du jeune homme comme un fleuve inépuisable. Impossible de l'arrêter. Il cherche à s'amender et accable Sibyl d'un trop-plein de sollicitude. Ses pensées l'entoureront dans ce pays anglo-saxon où elle va se rendre, il s'associera aux joies qui lui seront accordées, il la suivra dans les succès qu'elle va remporter. Elle trouvera toujours en lui le confident sûr, soucieux de mettre à sa disposition le peu d'expérience qu'il a lui-même récoltée à l'étranger. Puis arrivant au bas de la dixième page entièrement recouverte de son écriture sans repentirs, il lui assène un dernier conseil non dénué d'humour :

Bon voyage ! Mangez du citron si la Manche est houleuse !

Wembley

Malgré les encouragements de Félix, Sibyl suit la mode avec sobriété et ne s'encombre pas de colifichets. Ni sautoir en perles baroques, ni col montant en fourrure pour éclairer le visage, comme le suggèrent les magazines de l'époque. Elle se rend à la British Empire Exhibition, vêtue d'une robe taille basse qui lui effleure le mollet et coiffée d'un chapeau cloche frileusement enfoncé sur la tête, le tout de couleur foncée passe-partout.

Il m'a été plus facile d'imaginer sa toilette que de percer ses sentiments. La grande exposition qui se tient à Wembley, au nord de Londres, est la première du genre et restera la plus fastueuse. Elle vient d'être inaugurée, en grande pompe, par Georges V. Son discours à la radio sera le premier du genre à être diffusé par un souverain anglais, sur les ondes. Ce roi-là ne bégaie pas ! Il fait savoir au monde entier que le soleil ne se couche jamais sur l'Empire britannique. Dans le pavillon australien transformé en palace, on vend sept millions de pommes. Une effigie du Prince de Galles grandeur nature trône chez les Canadiens. Elle a été sculptée dans du beurre congelé ! La Birmanie accueille ses visiteurs par la porte en tek d'une pagode de Mandalay.

Curieusement, ces descriptions n'impressionnent pas beaucoup Félix. Il en a vu d'autres aux États-Unis. Il trouve plus amusantes les impressions de son amie sur la gent féminine britannique et sur son manque de grâce ! En vacances à Villars où les touristes sont nombreuses, il observe. *Les Anglaises, quand elles marchent, ont toujours l'air d'écraser des insectes, alors que les Françaises, chaussées de hauts talons et trottinant sur la pointe des pieds, semblent cheminer entre des rangées d'œufs cachés dans l'herbe !*

Hélas, le temps des facéties est bientôt chassé par des nouvelles angoissantes ! Félix est appelé de toute urgence à Lugano où sa mère est hospitalisée, gravement malade. Il recrute une infirmière et l'installe en convalescence à l'hôtel, en attendant que son état l'autorise à regagner Marseille.

Cliché perdu et retrouvé

Une surprise inattendue distrait Félix de ses soucis. Il reçoit la photo de son amie, celle qu'il lui réclamait déjà, en 1918 ! Elle a mis plus de cinq ans à lui parvenir. Quel voyage mystérieux a-t-elle effectué ? S'est-elle promenée jusqu'en Amérique ? Par quel miracle a-t-elle retrouvé son destinataire, ce globe-trotter impénitent ? Le cliché perdu est plusieurs fois mentionné dans la correspondance entre les deux amis. Ce cadeau à retardement met un peu de baume sur le cœur du fils inquiet. À défaut d'une nouvelle rencontre, la photo matérialise *le visage de l'amie et ses doux yeux rêveurs qui discernent tant de choses invisibles. La ressemblance est saisissante.* Il ne s'aventure pas plus loin dans le commentaire. Pas question d'évoquer la bouche ou les lèvres, ce serait trop impudique !

Comme par un fait exprès, Iris a sonné alors que je ruminais ces pensées idiotes à propos de mon jeune père.

« Une photo qui met cinq ans à lui parvenir ? Quand je pense que je peux mater la tête de mes nouveaux amis, trois secondes après avoir chatté pour la première fois avec eux sur FB. Sans jamais les avoir vus en chair et en os ! » J'étais censé savoir qu'elle voulait parler de Facebook.

« Je t'ai vu faire. Tu les effaces tout de suite si leur tête ne te revient pas. » Je lui ai montré les photos de Sibyl envoyées par Cécilia.

« Tu sais à l'époque, les jeunes filles ne se maquillaient pas. Seules les femmes de mauvaise vie se fardaient. En ce temps-là, on parlait ainsi.

— Tu veux dire les putes ? » Décidément je suis tellement impliqué dans les lettres de Félix, au vocabulaire délicieusement désuet, que je dois faire un effort de traduction dès que j'ouvre la bouche pour parler à Iris. Elle embraye.

«Je ne peux pas imaginer qu'il n'avait pas une kyrielle de photos de Sibyl. Moi, c'est clic-clac avec mon iPhone dès le premier rendez-vous.»

Je n'y avais pas pensé. Félix possédait un appareil. Il a fait tout un reportage de son voyage à travers le continent, lorsqu'il était étudiant à Harvard. À son retour, n'a-t-il pas eu l'envie de photographier l'amie ? Envie sans doute. Mais l'a-t-il fait ? Il devait réserver sa pellicule aux grandes occasions, aux aventures exotiques. On ne se tirait pas le portrait pour un oui pour un non, juste pour s'amuser comme aujourd'hui. Les retrouvailles étaient si rares que la priorité allait aux échanges verbaux, tellement prisés de part et d'autre. D'ailleurs Sibyl se serait-elle prêtée au jeu ? Elle n'était pas du genre à minauder sous son béret rouge comme Iris qui se dandine, les écouteurs de son baladeur MP3 scotchés sur les oreilles, dès qu'elle aperçoit mon objectif.

Météo

Le petit Traité du bonheur envoyé à la jeune exilée va trouver un nouvel emploi. En ce début d'année 1925, Félix traverse une période difficile. Les soucis se multiplient à Marseille où il a rapatrié Adrienne. La convalescente a rechuté, ses jours sont à nouveau en danger. Elle doit s'exiler dans une maison de cure. Le père de Félix, miné par le souci, est atteint d'un mal très douloureux qui le prive de sommeil. Il faut embaucher une gouvernante suisse d'un certain âge pour diriger le ménage. Pas vraiment réjouissant, le tableau familial !

Mais le fils unique est de nature trop optimiste pour sombrer dans la dépression. Il analyse son propre état avec une rare objectivité et émet un autodiagnostic digne du meilleur psy. *Ce n'est pas de la dépression. L'anesthésie mentale remplace la souffrance. Les événements négatifs se combinent avec l'optimisme du caractère pour produire temporairement une résultante voisine de zéro. On vit comme un automate. Il ne se passe rien à l'intérieur du moi.*

Mon père met en pratique les théories qu'il a si bien énoncées, il y a quelques semaines. Une comparaison météorologique, peu adaptée au climat du midi où le soleil brille toujours, naît sous sa plume. *Il pleut, j'ouvre tranquillement mon parapluie et continue mon petit bonhomme de chemin en lisant un bouquin que j'abrite des gouttes. La pluie, les passants, c'est vague et lointain... Un moment donné, la pluie cessera, je fermerai le parapluie, mettrai le livre dans la poche... et poursuivrai mon chemin d'une allure plus rapide, heureux de constater qu'inconsciemment j'ai avancé de quelques kilomètres.*

Inconsciemment aussi, il se projette en Angleterre où il pleut plus souvent que sur les bords de la Méditerranée. Il est assailli par les angoisses de Sibyl. *Amie, chez vous, s'il ne pleut pas, il me semble qu'il tombe aussi une petite bruine qui mouille malgré tout...* La métaphore se poursuit. Félix l'utilise pour faire la démonstration magistrale de leurs divergences face à l'adversité, et plus généralement de leur conception de la vie. À la question de savoir si Sibyl a découvert un imperméable efficace, il répond pour elle. Il la sait plus sensible. Elle ne juge pas « fair-play » vis-à-vis de Dame nature de revêtir des étoffes caoutchoutées ! *Mais pourquoi chercher à tout prix l'ondée ?* demande le jeune homme. Le fait qu'elle veuille partager la souffrance d'autrui le touche. Il admire ses scrupules. Mais combien il aimerait qu'elle soit plus heureuse…

« Plus cool, quoi… » a soufflé Iris qui s'éternisait devant mon Frigidaire en enfournant un reste de nouilles froides. Elle a lu à ma place la suite de la lettre. Félix cite une page de Théophile Gautier qui compare la vie à l'ascension de la tour d'une cathédrale gothique. L'escalier en colimaçon est étroit et sombre. De loin en loin, le caprice de l'architecte a ménagé une ouverture. Parfois, il n'y a qu'une lucarne jusqu'à la plate-forme supérieure, mais alors c'est l'éblouissement. Le panorama s'offre dans toute sa splendeur. La vieille ville et la campagne s'étalent à vos pieds. Plus rien ne compte.

Où est votre fenêtre ? Vous êtes sur le point de l'atteindre, a déclamé Iris, la bouche pleine, devant mon Frigidaire dont la fenêtre, pardon la porte, était restée ouverte.

Futur Cicérone

Au printemps, Félix est rappelé à Paris où un poste à responsabilité lui est proposé. Nouveau tremplin pour sa carrière. Il s'installe en banlieue, au nord de Paris, dans une famille de Suisses, *des braves gens*. Se doute-t-il que ses préjugés de classe peuvent heurter la sensibilité de Sibyl ? Chaque matin, il emprunte le petit train qui mène d'Enghien à la gare du Nord. Chaque soir, le petit train le ramène au même endroit. Sa vie n'a pourtant rien de monotone et son amie va s'amuser en lisant ce qui se passe durant l'intervalle entre les deux trains. Il est assis sur un fauteuil transformé en poste d'observation. Hélas, sous le fauteuil on a creusé des galeries, on les a bourrées d'explosifs. L'explication est donnée à la fin de la lettre. Le supérieur de Félix n'a nullement souhaité sa venue. Bref, il serait ravi que le siège du nouveau venu soit éjectable. Il en sera pour ses frais car mon père déverse chaque matin un arrosoir plein d'eau dans le souterrain espérant, par infiltration, mouiller peu à peu la poudre.

L'amoureux des métaphores se plonge ensuite dans son projet récurrent, cela devient une idée fixe, revoir sa Chère Amie. Puisque les cartes de géographie sont si bien faites, plaçant Paris en ligne droite entre Londres et la Suisse, puisque *les ingénieurs ont été assez inspirés pour construire plusieurs gares dans la ville de Lutèce nécessitant un arrêt obligatoire pour aller de l'une à l'autre,* pourquoi Sibyl ne passerait-elle pas quelques jours dans la capitale avant de rentrer chez elle ?

Félix élabore un programme alléchant et propose ses services de *cicérone*. Elle doit prévoir un week-end. Car les guides de son genre, bien supérieurs à ceux que l'on trouve en semaine, doivent être réservés assez tôt. Mon père ne pèche pas par excès de modestie. Il termine par une autre plaisanterie *J'avais mis de côté une pile d'articles du* Temps *à votre intention, mais ma ménagère,* on ne disait pas encore femme de ménage et encore moins technicienne de surface en ce temps-là, *a jugé plus utile d'en garnir mes fonds de tiroir et ils sont en morceaux !*

Missive bilingue

Comment aborder cette nouvelle rencontre ? Comment qualifier ce tête-à-tête, entre Sibyl et Félix, à la fois festif et cruel ? Rencontre amicale ou ébauche de noces sans lendemain ? Inutile d'imaginer un tableau impressionniste, même si le décor s'y prête parfaitement avec promenade en barque sur l'Oise et pas de valse sous les lampions du Quatorze Juillet ! Inutile aussi de déclamer un nouvel acte racinien, avec confidents interposés, en duo avec Margot !

La nouvelle scène est décrite par le menu dans la lettre du 27 juillet 1925, deux semaines après le séjour parisien de l'amie. Sans doute la plus poignante de toutes. Plus besoin de lire entre les lignes. Tout y est exprimé, en noir sur blanc. Mais, surprise, mon père a rédigé la moitié de la missive en anglais !

« Pourquoi, à ton avis ? » ai-je demandé à Margot, appelée à la rescousse. Elle a longuement analysé la lettre, puis m'a fait remarquer qu'il y avait six feuillets, trois en français, trois en anglais.

« C'est comme le balancement d'une barque sur un tempo de tango. Comme si le message émanait de deux individus différents. Comme si celui qui écrit en français parlait avec sa raison, et celui s'exprimant en anglais empruntait le langage du cœur. » Merveilleuse Margot ! Tout devenait limpide sous ta loupe !

Félix commence par s'excuser dans la langue de Molière. Il s'en veut d'avoir trop parlé, d'avoir absorbé le temps de Sibyl par de futiles propos. Il s'explique. En présence d'étrangers, il doit constamment s'observer, mais avec elle, son attention se relâche. Il laisse entrevoir le fond de sa pensée. Il dépose ses armes, confiant qu'elles ne se retourneront pas contre lui.

« Des armes ? Plutôt des faiblesses ! » dit Margot. Il avoue avoir eu besoin de dévoiler ce qu'il s'efforce de cacher, un terrible fond d'égoïsme et de lâcheté. N'a-t-il pas poussé la démonstration un peu loin ? Après son départ, il s'est demandé ce qui, dans ses dires, correspondait à son moi réel et ce qui était le fait *de l'accélération de la conversation.*

« Voilà une autocritique en bonne et due forme, telle qu'il n'en avait pas fait depuis le temps de sa jeunesse, celui où il s'épanchait longuement sur sa petite personne sans beaucoup se préoccuper de sa compagne de promenade. L'auteur du message en français pousse encore plus loin l'analyse, a poursuivi Margot. Écoute… *Votre présence, vos réactions ont toujours eu une importance considérable en quelque sorte, inexplicable. Vous êtes comme " Le Portrait de Dorian Gray ", montrant les altérations subies et indiquant les changements de voies à prendre.* Sibyl, juge intransigeant, affirme qu'elle le trouve changé. *Hélas, les années que j'ai passées seul ont développé un égotisme périlleux.* Tu remarqueras que Félix utilise le mot égotisme et non égoïsme. La différence est subtile. Il s'agit plus de narcissisme, de culte du moi que de manque d'égards pour autrui. »

Margot ne laissait passer aucun détail.

« Après s'être ainsi flagellé, comment poursuivre, si ce n'est en cédant la parole à une autre plume qui s'épanche en anglais ? Celle d'Oscar Wilde, auteur du *Portrait de Dorian Gray* aux relents faustiens ? Ou celle d'un écrivain américain de son âge, Scott Fitzgerald, qui écrit son premier roman, *L'Envers du Paradis,* en 1922 ? Le premier jet était intitulé *L'Égotiste romantique.* Félix s'est identifié au héros pour se dévaloriser auprès de son amie. »

J'ai objecté :

« Il n'y a pas grand-chose de commun entre Scott Fitzgerald, son héros et alter ego, Amory Blaine, et Félix, si ce n'est qu'ils sont contemporains.

— C'est justement cela qui les rapproche. Ils sont tous deux universitaires. Félix a fréquenté Harvard, Scott et son double Amory, étaient à Princeton, pendant et juste après la Grande Guerre. Une guerre qu'ils ont vécue de loin. Scott n'a pas été envoyé en Europe, tandis que Félix était à l'abri en Suisse. En revanche, ils ont été aux premières loges pour assister à l'émancipation féminine et ils évoluent dans un milieu privilégié, intellectuel et élitiste. »

Margot est décidément très futée. Mais n'allait-elle pas un peu loin ? J'ai tenté de calmer le jeu :

« Mais enfin, Scott Fitzgerald, comme son héros, est jouisseur, alcoolique. Félix boit le jus de cerise que lui offrent les étudiantes de Radcliffe ! N'oublie pas, c'est l'époque de la Prohibition et de tous les excès qu'elle entraîne dans les bas-fonds de Chicago et de New-York. Félix n'a jamais mangé de ce pain-là ou plutôt bu de cette *booze* ! »

Ma sœur est tenace.

« Certes, mais leurs préoccupations sont similaires. En fréquentant Princeton, Amory tente de se fondre dans le conformisme ambiant. Félix n'a de cesse d'être intégré dans les cercles les plus brillants mais tout aussi conservateurs, à Harvard. Amory est sans cesse confronté aux problèmes d'argent, alors que Félix est préoccupé par sa carrière. Tous deux sont attirés par les femmes les plus jolies et les plus intelligentes de leur entourage. Mais surtout, tant Amory que Félix sont en quête de leur identité. *Qui suis-je ?* se demandent-ils, avant de buter sur leur narcissisme et de s'avouer leur égoïsme. »

Les digressions de Margot étaient passionnantes mais j'aurais aimé revenir à mon père. Je trouvais son histoire suffisamment compliquée pour ne pas vouloir mélanger les genres plus longtemps.

« Revenons aux élans romantiques de notre égotiste. À ton avis, pourquoi Félix a-t-il soudainement abandonné le français au profit de l'anglais ? Pour se mettre au diapason de son amie qui venait de passer tant de mois en Angleterre ?

— Pas seulement. Il y a un lâcher prise dans la langue anglaise qui est absent du français corseté, structuré et cartésien. Les épanchements sont plus fluides, plus élégants. Des descriptions qui paraîtraient niaises en français, deviennent fleuries et poétiques en anglais. Les aveux de faiblesse se font caressants et aimables. Bref, les défauts de notre égotiste sont comme gommés. Ils le rendent attendrissant. »

L'attendrissement était-il contagieux ? Allions-nous Margot et moi surfer sur des vagues de nostalgie en contemplant deux photos de Félix qui s'échappaient de la précédente lettre ? Iris a rompu le charme en téléphonant, une fois n'est pas coutume, pour annoncer sa visite.

« Tu tombes bien, a dit Margot. Nous avons besoin d'un regard jeune et moderne. Viens avec ton prisme grossissant, ta fringale et ta boule de cristal. »

Leçon d'anglais

Elle a attentivement scruté les traits de Félix sur les minuscules clichés. Il est assis dans un fauteuil en osier, abrité par un palmier, dans le jardin de ses parents, à Marseille. Je croyais entendre ses Richelieu soigneusement lacés crisser sur le gravier. Iris était conquise :

« Costard clair, cravate, col dur, cheveux plaqués et raie de côté ! Trop stylé, grand-père ! Vous ne m'aviez jamais montré ces photos. Sibyl les a reçues quand elle était en Angleterre ?

— Ce n'est pas l'heure de parler chiffons, Iris, a asséné Margot. Nous allons fêter le 14 Juillet sur les bords de l'Oise. Tiens, lis, ça te fera un excellent exercice d'anglais. »

La visite de Sibyl débute par une déambulation dans l'Exposition internationale des Arts décoratifs modernes. Rien à voir avec la grande foire de Wembley où la fière Albion montrait les fastes et les produits de son Empire, de ses nations lointaines, filles de la Couronne ! À Paris, Sibyl et Félix découvrent l'Art déco qui, avec un certain retour aux formes classiques, démode irrémédiablement les volutes et les nouilles de l'Art nouveau. Mais déjà pointent les Avant-gardes. Les jeunes parcourent le pavillon de l'Esprit Nouveau où est exposé un mobilier sans âme et trop en avance sur son temps. Il a été conçu par un drôle d'architecte, Charles-Edouard Jeanneret, alias Le Corbusier. Sibyl a entendu parler de ce concitoyen, Chaux-de-Fonnier comme elle, qui scandalise le monde avec des maisons peu conventionnelles. Le même Corbusier construira beaucoup plus tard la Cité Radieuse devant laquelle mon père passera chaque jour pour aller à son bureau. À l'instar des Marseillais, qui l'ont rebaptisée ainsi dès le premier jour, il ne l'appellera jamais que « La Maison du fada ».

« Tu nous rases avec ton Corbu, dit Margot sans aménité. Ils n'avaient qu'une idée en tête. Se retrouver et papoter en tête à tête.

— C'est bien ce qu'ils ont fait dans leur canot… récitait Iris.

A smooth floating down, severed from the noisy folk, two in a canoe, paddling and jabbling at the same time. Une descente en barque, sur l'eau étale… loin de la foule bruyante… ramant et jacassant de concert. *To jabble*, jacasser.

Ma fille a fermé le dictionnaire et conclu : « J'ai appris quelque chose ».

Les yeux dans le vague, Margot était en mal de poésie.

« Incorrigible Félix et son amour de l'onde, des embarcations légères, du balancement entre ciel et terre, du bruit des rames lorsqu'elles frappent l'eau et éclaboussent sa compagne ! »

Noce blanche

Où sont-ils allés danser ? Dans un hôtel sélect, à Enghien ? Dans un bal musette éclairé de lampions colorés sur les bords de l'Oise ? Nos suppositions allaient bon train. Margot et moi avions éliminé d'emblée la proposition d'Iris, une boîte psychédélique avec DJ échevelé et rockeurs en jeans troués. Nous lui aurions donné raison si la scène avait été montée au théâtre aujourd'hui. J'ai bien vu le *Don Juan* de Mozart chanté dans un parking en béton, style années cinquante ! Mais nous n'étions pas des metteurs en scène en mal d'originalité et de transpositions anachroniques. Notre objectif était plus modeste. Retrouver nos deux amis la seule fois de leur vie où ils étaient si proches, dans les bras l'un de l'autre.

Notre première danse. Le début pour vous d'une série de rencontres tourbillonnantes, pendant lesquelles le jeune homme et la jeune fille ont la permission de s'étreindre, pour autant que cela se fasse en mesure, et qu'ils soient accompagnés d'un quelconque instrument bruyant et peu musical. Félix met élégamment en garde la jeune fille. Qu'elle ne juge pas cet art gracieux d'après ce premier essai ! Qu'elle ne le trouve pas brutal parce que le danseur est contraint d'user de sa poigne pour diriger le corps de la jeune fille ! Bientôt l'automatisme prend le dessus, la danse devient un jeu, un frémissement ! Les danseurs n'ont plus conscience des efforts de leurs corps et les sentiments deviennent diffus. *Vous êtes à l'aube de la grande révélation de la danse parfaite. Mais il faut y mettre ni trop ni trop peu.*

Indépendamment de la traduction remarquablement faite par Margot, car ce passage est en anglais, nous étions loin d'en capter toutes les subtilités. Félix semble s'être concentré uniquement sur la leçon de danse dont il décline les règles comme s'il récitait un manuel. Il pratique ce sport, ou plutôt ce loisir, depuis sa tendre jeunesse. Depuis les leçons prises à Saint-Gall, dès l'âge de seize ans, chaque occasion est bonne pour aller danser. Lorsqu'il relate ses rencontres féminines à ses parents, elles sont toujours ponctuées par des soirées dansantes.

« C'est lui qui m'a appris la valse et le tango, sous le lustre du salon jaune, a évoqué Margot.

— Alors, vous pensez qu'il s'est concentré sur la leçon plutôt que sur le fait qu'il avait enfin le droit de serrer Sibyl dans ses bras ? Je croyais que c'était moi la terre à terre et vous les romantiques », a dit Iris qui mastiquait bruyamment une pomme.

Margot a objecté :

« Si vous voulez mon avis, cela n'a pas été vraiment une partie de plaisir. Il devait y avoir beaucoup de monde, ce 14 Juillet, il faisait chaud. Sibyl devait être embarrassée de ne pas savoir où mettre ses pieds. Si ce n'est sous ceux de son partenaire, ce qui devait être très douloureux.

— Tu ne vas tout de même pas transformer ce moment idyllique en vulgaire partie d'écrase-pieds ! » J'étais furax. Tant Margot qu'Iris ne voulaient rien entendre de cette petite musique douce et lancinante qui baigne le couple enlacé pour la première fois. Et sans doute la dernière. Peu importe le décalage technique trop évident entre les deux danseurs. Félix est heureux. Il a canoté, il a dansé, le bonheur est au bout des rames, suspendu au notes des violons.

Et Sibyl ? Sibyl se tait. Depuis de longs mois, plus aucun feuillet sur papier fin ne s'est envolé des tranches rouges de son cahier. Elle déchire les brouillons de ses lettres. Je devais me contenter du bavardage de Félix en guise de caisse de résonance.

L'heure de sincérité

Vous avez changé, lui a-t-elle dit. Il ne prend pas cette affirmation comme un compliment mais comme un reproche. Et sans doute, c'en est un. Tout à l'heure il s'accusait d'être un affreux égotiste, maintenant il va plus loin. *Ma chère amie, je sens que je vous ai souvent blessée et qu'inconsciemment j'ai contribué à entamer votre part de bonheur. Soyez assurée que j'en suis navré et que parfois j'ai l'intention de me noircir sous vos yeux afin que vous me détestiez.*

L'aveu, enfin ! Ce que j'ai cru comprendre de la grande tourmente qui a agité les deux amis trois ans auparavant et qui a tourné au fiasco amoureux est bien réel. Mon père a fait deux pas en avant et trois en arrière. Valse hésitation, danse mortelle, dont il a tenté de se tirer a posteriori avec de pauvres arguments destinés à le montrer sous un jour peu flatteur. La vie bourgeoise et monotone que lui aurait offerte l'ignoble réactionnaire qu'il est, aurait été un calvaire pour elle. Sinistres pirouettes dont il se rend compte combien elles étaient peu convaincantes.

Aujourd'hui, il a l'honnêteté de se mettre à nu. *Vous êtes ma meilleure amie mais je ne suis pas assez le vôtre. Je prends mais je donne si peu ! Vous me réconfortez mais je ne vous réconforte pas.* Suit alors une phrase troublante : *Why should Fate play with us ?* Que vient faire le Destin dans leur histoire ? En quoi joue-t-il avec eux ? Serait-ce qu'il trouve son amie déjà trop âgée ? A-t-elle changé, elle aussi ? Félix a vingt-sept ans, il est en pleine fleur de l'âge, mais Sibyl en a déjà vingt-neuf.

« À l'époque, elle était déjà une vieille fille, a commenté Margot. Rappelle-toi ! Notre père qualifiait les femmes qui ne s'étaient pas mariées de jeunes filles prolongées. Litote ou doux euphémisme ? »

Je ne voulais pas croire à cette explication. Ailleurs dans la lettre, Félix ne tarit pas de compliments sur sa toujours si Chère Amie : *Vous êtes comme le printemps, lorsque les fleurs sont prêtes à éclore. Votre cœur est aussi jeune que lorsque nous nous sommes rencontrés. Votre fraîcheur d'esprit est celle d'un enfant.* Non, Félix ne s'arrêtera pas aux quelques mois qui les séparent s'il veut l'épouser. Quant aux affirmations avec lesquelles il berçait sa mère, trois ans auparavant, dont se réjouira Fleur, soixante ans plus tard, il n'y croit plus qu'à moitié. Ses sentiments ne sont pas aussi clairs qu'il le prétend. Pourquoi insiste-t-il autant pour la revoir chaque fois qu'il le peut ?

How many grave things did we talk over that afternoon ! Quel était le degré de gravité des sujets abordés ? Sibyl a-t-elle laissé entrevoir ou même révélé à son ami des choses qui m'échappaient ? Ils sont jeunes et libres, ils sont beaux et intelligents, mais Félix convoque le Destin pour dessiner le futur à leur place. Quelle mouche le pique ?

Sur les hauteurs

Après un long silence, Cécilia a refait surface. Elle voulait me montrer un album confectionné par sa tante. Nous l'avons feuilleté ensemble et découvert les photos prises au col du Grand-Saint-Bernard, un mois après le week-end parisien de Sibyl. Comme sur tous les minuscules clichés de l'époque, les visages sont trop petits pour qu'on puisse déchiffrer les expressions. Mais Cécilia a décliné les noms des passagers de la Ford que conduisait fièrement son père, le frère de Sibyl. J'ai reconnu sans peine, à l'arrière de la voiture décapotée, le profil aquilin de Félix Wanderer. Il est entouré de deux jeunes femmes, coiffées de capelines, Sibyl et sa sœur. On se croirait dans un film muet de Charlie Chaplin.

Jamais, nous ne nous étions promenés aussi haut, commente Félix qui se lamente à propos de ses photos ratées. Il a confié son film à un ami qui devait les développer mais ce dernier, un amateur, a abîmé la pellicule. Un beau gâchis ! Mon père n'a jamais connu la photo numérique que l'on visionne, corrige et imprime sur PC à la vitesse de l'éclair. Un futur inimaginable au milieu des années vingt. Les photos, que nous devons regarder à la loupe tant les visages sont minuscules, ont été prises par le frère de Sibyl. Félix a dû en recevoir les doubles, mais Anémone n'en a pas trouvé une seule dans les papiers de nos parents. Ont-elles subi le même sort que les lettres de l'Amie ? Déchirées, et pourquoi pas brûlées ?

La jeune fille n'a pas tenu rigueur à Félix de l'apprentissage laborieux des figures de la valse, sous les lampions du 14 Juillet. Le sachant en vacances en Valais, elle lui propose de se joindre à un pique-nique familial organisé près de l'Hospice fondé par Saint Bernard, au XIe siècle. C'est bien la première fois qu'elle prend l'initiative d'un programme propre à ravir son ami. Ce choix est-il prémonitoire ? Avec pour mélodie, une autre valse, celle de l'Adieu ?

Car les doubles retrouvailles de 1925 seront sans lendemain. Bientôt, les chemins de Félix et de Sibyl vont diverger géographiquement, leurs esprits et leurs cœurs vont se lier ailleurs, spirituellement pour l'une, sentimentalement pour l'autre. Leurs barques vont dériver sans retour, sans plus jamais se croiser pendant près de trente ans.

« Alors, leur truc bidule, leur idylle, c'est fini ? Tu vas pouvoir t'intéresser à autre chose ? À moi par exemple et à nos futures vacances ? » Iris me bombardait de questions et réclamait son dû. Une virée, loin d'ici, pour célébrer ses dix-huit ans. J'aurais dû saisir la balle au bond. Me réjouir de partir avec elle, de la piloter dans un pays qu'elle ne connaissait pas. Au lieu de cela, je tergiversais, paniqué à l'idée de devoir cornaquer ma fille dans un pays inconnu. Tétanisé à l'idée des inévitables confrontations que cela entraînerait. J'atermoyais, je m'accrochais à des lettres écrites, il y a plus de quatre-vingts ans, par un homme qui reposait sous terre, depuis trois décennies.

J'ai répondu « Non, l'histoire va se poursuivre. Les deux amis nous réservent des surprises étonnantes. Elles vont nous tenir en haleine encore quelques jours. Promis, après nous irons où tu voudras. Tu n'as qu'à faire ton shopping de voyages sur Internet. D'ici là, j'aurai écrit le mot fin. »

Révélation

Elle s'y est prise à deux fois. Deux lettres dont j'ai deviné la teneur par les réactions de mon père. La première lui annonce, en termes voilés, de grands changements dans sa vie. Elle craint l'incompréhension de Félix et l'assure qu'elle est parfaitement heureuse de son choix. La réponse de son ami lui apporte le réconfort attendu. *Très belle lettre…* trois mots griffonnés au dos de l'enveloppe en attestent. Ainsi, malgré le portrait si peu flatteur qu'il lui a fait de lui-même, il y a quelques mois, malgré la tourmente spirituelle qu'elle est en train de vivre, elle apprécie les serments d'amitié qu'il renouvelle avec ferveur. *Suis-je à tel point embourgeoisé, au point de ne pouvoir supporter une confidence amicale, au point de ne pouvoir, malgré mon affection, sympathiser entièrement avec vous ? Quand on aime son ami, on admet, on approuve, ce qu'il fait, ce qu'il pense, on ne le juge pas. Élire un ami, c'est justement choisir quelqu'un en qui l'on a foi, entièrement.* Le ton est un peu pompeux mais la définition de l'amitié digne d'Aristote.

Lui a-t-elle fait des semi-confidences sur les sommets valaisans où ils se sont promenés, l'été précédent ? Il a pensé à Pascal en lisant ses lignes. A-t-il deviné juste ? Peu importe, pour la première fois, il la sent heureuse. Autre indice, la lettre de Félix est adressée à Sibyl Weiss, Pensionato delle Figlie di Gesu, à Pise. Pise, où sur la grande place, devant la cathédrale, Félix a eu *sa première révélation de la Beauté Italienne.*

Il ne s'est pas trompé, une autre Révélation a illuminé le cœur de Sibyl, celle de la religion catholique. Il en reçoit confirmation dans la deuxième lettre. La réaction de Félix est immédiate et généreuse, comme la première. Il réaffirme son approbation et son admiration pour la décision qu'elle a prise.

Il partage son bonheur. Il est ému de la savoir entraînée dans *ce grand courant de vie religieuse.* Jamais il ne se permettrait de s'élever en juge alors qu'il s'interroge lui-même : *Est-ce que j'aime et sens autant Dieu que vous ? Qui ne s'humilierait devant vous ?*

C'est en effet une très belle lettre. Félix se garde bien d'approfondir les raisons de ce revirement religieux. Allais-je m'aventurer sur le terrain miné de supputations sans doute erronées ? Comment imaginer qu'une simple déception amoureuse soit à l'origine de cette conversion sans salir des rapports aussi purs ? Que le mariage terrestre lui étant refusé, Sibyl s'oriente vers un mariage mystique ? Si le cheminement spirituel de la jeune fille restait un mystère pour moi comme pour Félix, la missive m'apportait un éclairage inattendu sur les convictions religieuses de mon père. Sur les divergences qu'il voit entre le protestantisme dans lequel lui et Sibyl ont été élevés et le catholicisme, la nouvelle foi de son amie. *La raison et la critique appliquées aux choses divines sont un obstacle à la foi. La religion qui en débarrasse le fidèle le rapproche de Dieu. Ne demande-t-on pas un tour de force dans le protestantisme ? Partir de la critique individuelle et de la croyance personnelle pour aboutir à la Foi totale, c'est-à-dire en abdiquant de la raison ? Comment se baser sur la raison pour la faire se sacrifier elle-même ?*

Paradoxe qui laisse souvent le fidèle en panne et sans vie religieuse. Après ce premier constat, mon père met en avant les « avantages » du catholicisme. *Entrer dans l'Enceinte où l'Unité de Croyance à travers l'espace et le temps donne une force que ne peut éprouver l'individu isolé. Je ne pense pas que l'on puisse trouver ailleurs une pareille somme d'expérience religieuse. Je m'incline devant ce que le catholicisme a produit de grand et de beau.*

Pourtant, Félix ne lâche pas si facilement le morceau. *Faire abstraction des formes et des détails pour arriver à la Substance n'est pas donné à tous, spécialement dans ce siècle où le réalisme de la vie grignote le mysticisme inné. Pour un demi-croyant, le catholicisme est intenable. C'est tout ou rien.* Et pour lui, s'il était né catholique, ce ne serait rien. Il le confesse sans honte, il n'aurait plus aujourd'hui de religion. Paradoxal, mon père poursuit. *C'est parce que j'ai eu le privilège de naître protestant, que je suis resté attaché à la religion et que je suis en mesure de comprendre et de respecter le catholicisme.*

Inutile de blesser Sibyl, sa critique n'est pas dirigée *contre ceux qui sont dedans, mais à ceux qui gèlent dehors. Vous êtes la privilégiée, celle qui s'acquitte joyeusement de l'obole, vous intercédez pour ceux qui ne sont pas dans la plénitude de la joie comme vous. Merci pour eux et pour moi.*

Le protestantisme a rapproché les deux jeunes gens, à Genève. Ils se sont connus dans un groupe d'étudiants chrétiens fondé par des pasteurs réformés. Le catholicisme ne les séparera pas. Bien avant l'heure, mon père affiche les idées œcuméniques auxquelles l'Église romaine n'adhèrera que bien plus tard.

Véronique

Sibyl a-t-elle apprécié le jugement de Félix sur sa nouvelle religion ? Il a certainement emprunté directement les mots et les tics d'écriture de son amie. Comme de mettre des majuscules devant les mots pour souligner les plus signifiants, Vie Religieuse, Enceinte, Unité, Croyance, Substance, Plénitude, Joie. Une manière de magnifier ce qu'elle ressent. Félix se borne à reformuler les phrases, à les amalgamer, pour lui démontrer combien il épouse ses convictions.

Mais un mot qui lui est propre a choqué Sibyl. *Le catholicisme offre bien des avantages.* Deux mois plus tard, alors qu'elle a déjà oublié sa remarque, il s'en excuse. C'était une impropriété de langage. Il fallait lire à la place : *Présente une certaine supériorité. Une attribution d'un plus grand coefficient, sans immixtion d'un quelconque élément téléologique, comme disent les moralistes dans leur charabia !*

Des discussions téléologiques ou théologiques, il n'y en aura plus d'autres entre les deux amis. Mais désormais, les lettres de Félix ne sont plus adressées à Sibyl Weiss mais à une autre et pourtant la même, Véronique Weiss. Elle se fait désormais appeler par son second prénom choisi pour son second baptême. Véronique, du nom de celle qui essuya le visage du Christ, quand il tomba sous le fardeau de la Croix et dont le linge s'imprégna de l'image de Jésus. Véronique, le symbole de la souffrance pour tous les catholiques.

Sibyl, devenue Véronique, suit désormais le même chemin que la Sainte, dans l'Enceinte où elle est bien encadrée. Elle quitte les Filles de Gesu et se retire dans un couvent à Forte dei Marmi. Par le plus grand des hasards, j'ai découvert sur Internet, une carte postale, elle doit dater des années vingt, de la grande bâtisse qui abrite l'Istituto Canossiani. Le parc et ses ombrages semblent hors du temps. Un prêtre est adossé au tronc d'un arbre si élevé que la cime se perd au-delà de l'image.

Margot, qui a suivi avec beaucoup d'intérêt la conversion de Sibyl, a le chic pour me désarçonner.

« Lorsqu'il l'a connue, l'amie de Félix n'était pas protestante, elle était juive. Tu sais, il y avait beaucoup de juifs à La Chaux-de-Fonds. L'essor de l'industrie horlogère au dix-neuvième siècle, la prospérité de la ville, c'est grâce à eux.

— Tu es folle. Qu'est-ce qui te fait croire cela ?

Elle a insisté :

— Cherche l'erreur. Regarde cette photo prise dans son salon environ une dizaine d'années après sa conversion. Sur ce guéridon surmonté d'une icône de la Vierge, tu peux voir un chandelier à sept branches.

— Impossible. Félix ne mentionne jamais la religion juive. D'ailleurs, le chandelier est aussi un attribut maçonnique, autre mystère. A-t-elle fait partie d'une loge féminine ? Si tu veux mon avis, la réponse est plus simple. Véronique aimait le chandelier pour l'un des symboles qu'il véhicule, celui du Logos, ou lumière du monde. »

En cheminant vers sa Lumière, Sibyl-Véronique a emporté l'arbre de sa vie intérieure, mais elle a laissé derrière elle de grandes zones d'ombre.

Et lui, qu'entendait-il par ce mot, utilisé au pluriel et avec majuscule, qu'il accole au catholicisme comme si elles étaient à la fois une tare et un atout, les Formes ? Fait-il allusion aux fastes et aux pompes de la hiérarchie vaticane ? Aux ors des églises baroques, à la multiplicité des saints dont l'intercession facilite l'accès au Dieu suprême ? Lui, qui a eu la révélation du beau en Italie devant les madones de la Renaissance, regrette-t-il que sa religion l'en ait privé ? Que les temples austères et froids, où l'emmenait sa mère quand il était petit, n'aient pas suscité chez lui de ces élans mystiques propres à nourrir une ferveur dont il se sentait démuni ? Alors que son amie a trouvé dans ces nouvelles Formes le plus riche élixir, il se satisfait d'une foi moins vive au sein d'une religion moins clinquante. Il restera à jamais attaché à la morale que lui ont inculquée ses *Bien chers parents*, la bonté, la générosité, la frugalité. Et aussi, la tolérance. Sans majuscules !

De Santiago du Chili

Félix ne reste jamais longtemps en place. Il part à nouveau vers l'Ouest, pour un long périple solitaire en Amérique latine. Ce n'est pas un voyage d'études, comme six ans auparavant. Il est mandaté par sa Maison – en ces temps paternalistes on appelle ainsi l'entreprise qui vous emploie – pour faire de la prospection, développer les affaires, trouver des partenaires.

Aujourd'hui, le temps et l'espace sont compressés grâce aux nouvelles technologies. En 1927, il n'est pas incongru de partir neuf mois sans revenir toucher barre, sans rendre des comptes aux patrons qui financent une pareille aventure. Bien avant que des troupeaux de touristes s'ébattent sur les plages de Copacabana ou sur les pentes du Machu Picchu, Félix visite tout seul sept pays, l'Argentine, le Brésil, l'Uruguay, le Chili, la Bolivie, le Pérou et Panama. Un voyage exceptionnel dont il organisera chaque détail sans l'aide de personne.

Wanderer, le voyageur, embarque sur un paquebot battant pavillon hollandais, à Cherbourg, le 23 janvier. A-t-il oublié son amie, ce jeune globe-trotter polyglotte qui, outre le français, l'anglais, l'allemand et l'italien, parle désormais l'espagnol et se fait comprendre en portugais ? Durant les neuf mois que dure ce voyage fabuleux, il ne lui envoie qu'une seule lettre et une seule carte postale.

La lettre est une lettre de condoléances. Sibyl, ou plutôt Véronique, a perdu sa mère mais la nouvelle ne parvient à Félix que deux mois après le décès. Adressé à Marseille, le faire-part a fait le tour du continent latin, où Félix se déplace au gré des rendez-vous. L'heure n'est pas à des descriptions ou à des anecdotes. Une nouvelle fois, il assure la Chère Amie de son affection et combien il partage sa peine. *Quelle tristesse à l'idée que mes paroles de sympathie vous atteindront si tard alors que je désire ne pas aviver votre douleur en en parlant.* Il a failli perdre sa mère chérie, il y a quelques mois, et il a entrevu la perte immense que cela représenterait. *Amie-sœur, vous devinez la part que je prends dans ce deuil...*

Le choix de la carte postale, datée du mois d'août, n'est pas tout à fait innocent. La cathédrale dressée sur la Place d'Armes de Santiago, la plus grande Église catholique du Chili, devrait plaire à Sibyl. Son intérieur baroque regorge de pilastres en marbre rose, la voûte est ornée de stucs et peinte de scènes religieuses, la vaste nef baigne dans une lumière tamisée propre au recueillement des fidèles. Bel exemple de ces Formes à la fois controversées et admirées par Félix dans sa missive de l'an passé.

Une lettre et une carte, un fil bien ténu pour maintenir un lien à la fois fragile et précieux. Bien peu, comparé à la correspondance adressée aux parents Wanderer, à Marseille, vingt lettres et vingt cartes. Une moisson pour eux, quelques grains pour elle ! Il cherche à distraire sa mère neurasthénique, mais ne se hasarde pas à déranger Sibyl dans ses dévotions !

Elle ne saura donc rien de ses bains dans la *soupe de lentilles du Rio de la Plata*. Rien des soirées à l'Opéra au Téatro Colon, à Buenos Aires. Rien de sa chasse aux *carpinchos*, des cochons sauvages et amphibies, au fin fond de l'Uruguay. Elle n'en apprendra pas plus sur les rencontres de Félix avec de jeunes Brésiliennes, élevées dans des couvents de bonnes sœurs et parlant parfaitement le français, au cours des soirées dansantes qui pimentent son séjour à Rio ! Il se promène sur le paseo de la Rambla, à Mar del Plata, lieu de villégiature favori des Portègnes, les habitants de Buenos Aires. Il y croise des jeunes filles et des jeunes femmes dont la poitrine se gonfle sous les dentelles. Il traverse en wagon-lit la Cordillère des Andes. Il voit exploser des mines de salpêtre à Antofagasta. Il visite la plus grande mine de cuivre à ciel ouvert, à Chuquicama, où quinze mille ouvriers avalent la poussière, à journée faite, pour des salaires de misère. Mais il n'a pas le temps d'en parler dans une lettre à Sibyl qui en serait sans doute plus émue que lui.

Arrivé à La Paz, c'est pour Adrienne qu'il décrit les Boliviennes en chapeau melon. Leur richesse s'estime au nombre de jupes qu'elles portent superposées. Jusqu'à dix pour les plus fortunées ! Il raconte à sa mère la découverte de Cuzco où une photo l'immortalise assis sur un carcan inca, portant cravate, chemise blanche à col dur, knickerbockers et guêtres roulées sur ses bottines.

Quel voyage fécond, mon tablier n'est pas assez grand pour tout cueillir, a-t-il griffonné au dos de la Cathédrale de Santiago. Du contenu du tablier, Sibyl n'a reçu que des miettes.

L'homme aux cartes postales

Quand l'itinéraire le permet, mon père choisit d'être sur l'eau, son élément de prédilection. Il échantillonne les transatlantiques luxueux ou plus modestes, qu'ils battent pavillon hollandais, britannique ou allemand. Pour aller du sud au nord du Chili, de Valparaiso à Antofagasta, du sud au nord du Pérou, de Mollenda à Callao, il emprunte des cargos locaux qui cabotent le long des côtes. Pour se rendre de Copacabana la petite ville Bolivienne, à ne pas confondre avec la plage brésilienne à la mode qui porte le même nom, jusqu'au Pérou, il fait la traversée sur un petit croiseur qui sillonne le lac Titicaca, à plus de trois mille mètres d'altitude. Peu importe le roulis ou même les tempêtes, il navigue avec bonheur sur des bateaux aux noms exotiques, le *Gelria*, le *Ciudada de Buenos Ayres*, le *Sierra Morena*, l'*Arlanza*, le *Teno*, l'*Orbita*, l'*Oraya*. Il surveille aussi de près les jours de départ des uns et des autres pour poster les lettres qui navigueront vers l'Europe. Il inscrit soigneusement sur l'enveloppe le nom du paquebot qu'il pense être le plus rapide. La lettre de condoléances à Sibyl a pris son temps, elle a vogué sur le *Conte Verde*. La correspondance souffre des contretemps et de la lenteur des liaisons maritimes. Une carte de son amie le trouve au Pérou au mois de septembre, il en accusera réception le jour de Noël !

L'Aéropostale en est encore à ses balbutiements. Les deux amis n'en profiteront pas. Ils ratent de peu cette opportunité de converser plus rapidement. Félix rentre en France, un mois avant l'inauguration de la première liaison régulière entre l'Europe et l'Argentine, en novembre 1927.

Les aléas des transports maritimes ne se prêtent guère aux échanges, plombés par un cercle vicieux ! Moins on écrit, moins on a à se dire. *Il devient si difficile de correspondre d'une façon suivie. Tandis que l'amitié renaît quand on se voit et que l'on peut causer un peu!* N'y aurait-il pas aussi, sous-jacente, même inconsciente, une certaine lassitude ? Il a passé tellement d'heures assis devant sa table, il a noirci tant de feuillets ! Il a écrit si souvent la même adresse, avec une seule variante, le prénom de l'amie, désormais Véronique. Félix s'habitue difficilement au changement de nom et fait précéder le nouveau prénom par l'initiale S suivie d'un point. S.Véronique Weiss, comme s'il voulait s'assurer qu'il écrit bien à la même personne. Elle a choisi de changer d'identité, elle se consacre à des activités religieuses, pour lui, elle sera toujours Sibyl.

Mais cette nouvelle Véronique s'intéresse-t-elle aux projets de Félix ? À peine rentré du périple sud-américain, à peine est-il à nouveau installé à Paris, qu'il songe à repartir de l'autre côté de l'océan, à New-York où l'attendent de nouveaux défis. Or rien n'attire moins la jeune fille que cette Amérique, où l'on adore un Dieu qui n'est pas le sien, le dieu dollar. Leurs routes ont bifurqué, le lien s'amenuise de plus en plus, mais ni l'un ni l'autre ne songe à le trancher. Elle lui envoie un conte de Noël qu'il trouve touchant. De son côté, il lui demande pardon pour tous ses silences. Et, l'assimilant à ses autres correspondants, ce qui n'est peut-être pas très élégant, il choisit la facilité et s'en tire par l'autodérision. *Je suis hélas devenu pour tout le monde, l'homme aux cartes postales !*

Poignards

Une fois de plus, j'ai feuilleté le classeur rouge. À la recherche des cartes postales. À nouveau, mon regard a été intrigué par les deux poignards-phallus. Félix en fait une minutieuse description. Sur la partie évidée de l'arme sont incrustés des bas-reliefs finement ciselés en or et en électron, terme utilisé autrefois pour désigner un mélange d'or et d'argent. Chasse au lion sur l'un, panthères coursant des canards en plein vol sur l'autre, les scènes sont loin d'être inoffensives. La chasse au fauve est cruelle. Un guerrier se fait piétiner par un lion qui, la queue enroulée comme un point d'interrogation, défie deux porteurs de lances protégés par de grands boucliers. Vêtu d'un simple pagne, un archer, genou en terre, vise la bête sauvage. S'il rate sa cible, c'en est fait de lui.

Pourquoi m'être arrêté sur cette carte? Elle avait été postée à Athènes par mon père à la fin de sa vie, pendant des vacances en Grèce avec Fleur. Soit bien longtemps après l'annonce contenue dans les deux lettres étalées sous mes yeux. Quelle idée bizarre s'était emparée de moi? Je renâclais comme un cheval à la vue de l'obstacle devant les feuillets meurtriers. Il me semblait entendre le cliquetis des poignards comme un écho lugubre aux mots assassins de Félix. Les questions affluaient tandis que je relisais la prose paternelle.

Le préambule est trompeur, il répète à Sibyl, pour la énième fois *Que leur amitié les tient toujours rapprochés l'un de l'autre, cette amitié que ni l'éloignement ni les circonstances ne peuvent entamer.*

Sans autre précaution, il fonce dans le vif du sujet:
Et voici que sans que nous ayons pu nous revoir depuis bien longtemps, deux événements vont nous séparer encore...

Deux ? Lesquels ? *Un prochain départ pour les États-Unis, pour plusieurs années sans doute... et le fait que je n'y partirai pas seul.* Deux coups de poignard à la fois, sans avoir relevé sa plume. Il part pour le Nouveau Monde que Sibyl déteste sans y avoir jamais mis les pieds. Il sera accompagné !

Six ans après l'épisode de la Villa Rose, Félix a trouvé Héra. Félix va se marier avec une autre... *Amie, ce sont mes fiançailles que je vous annonce aujourd'hui.*

Et tandis que la lame fouaille le cœur de l'Amie, il se croit assez malin pour amortir le coup par une flatterie et une comparaison déplacée. *Vous serez bien vite amies, car ma fiancée a bien des points communs avec vous.* Suit une tirade digne de Don Juan : *Acceptez-vous cette nouvelle amitié et pensez-vous comme moi, que les sentiments affectueux et doux qui nous unissaient seront inaltérés par ce changement dans ma vie ?*

J'allais d'ahurissement en ahurissement car ce n'était pas fini... *Vous connaissez la grande tendresse que j'ai toujours eue pour vous, mon amie de bien des années, je désirerais que vous puissiez compter sur moi en n'importe quelle circonstance, comme moi aussi, il me serait précieux de trouver en vous l'Amie qui comprend...*

Des sentiments affectueux ? De la tendresse ? Ça doit lui faire une belle jambe à la Chère Amie ces démonstrations tardives et sans lendemain ! J'imaginais sa douleur, ses grincements de dents.

« Au secours, Margot ! » Huit décennies plus tard, je partageais la rage de Sibyl ! Mon père venait d'avoir trente ans, il n'était plus un gamin ! Comment pouvait-il terminer sa lettre par une conclusion aussi blessante. Était-il naïf ? Inconscient ? Libertin ? Hypocrite ? Pourquoi agissait-il ainsi ?

« Et bien ? » Ma sœur n'en revenait pas de me voir aussi furieux. Je lui ai tendu la lettre criminelle.

« Vas-y ! Lis et qu'on en finisse ! »

Je sais que ma fiancée a sur l'Amitié les mêmes idées que moi. Elle y voit un enrichissement de nos personnalités. Amie très chère, voulez-vous que désormais au lieu de deux amis, nous soyons trois ?

Oui ! Et de trois ! La lame n'a pas raté sa cible. Elle a charcuté tout en finesse.

Exégèse

« Voyons, a dit Margot, inutile de faire l'exégèse de ce morceau d'anthologie, essayons d'après la deuxième lettre de voir comment Sibyl a réagi.

— À quoi cela sert-il ? Elle va répondre en Sainte Véronique. Elle va lui essuyer le visage et le graver sur son suaire...

— Ne fais pas l'imbécile, Lucas, cesse de t'échauffer l'esprit de manière ridicule. Tel que je te connais, tu vas bientôt imaginer Félix proposant à sa Chère Amie des parties de jambes en l'air triangulaires. Passe-moi ton classeur rouge. »

Elle a secoué la tête plusieurs fois, a ramené ses cheveux derrière les oreilles et s'est calée confortablement dans les coussins de mon divan. Trois gestes qui lui sont coutumiers mais qui, additionnés, sont les signes d'un certain étonnement doublé de consternation. Elle est enfin sortie de son silence.

« Le voilà maintenant qui s'adresse à Sibyl en disant nous. C'est un comble. *Votre message aux accents si affectueux nous a vivement touchés, ma fiancée et moi, car n'est-ce pas il lui était un peu destiné, à elle aussi, et nous venons vous en dire notre sincère reconnaissance.* Nous, nous, notre. C'est tout de même fort de café !

— Je te l'avais bien dit. Il est totalement inconscient. Tu ne voulais pas me croire. Il est complètement à côté de la plaque, notre père amoureux de sa Fleur.

— Attends, ceci est un autre sujet, et nous y viendrons plus tard à la jeune fiancée, en l'occurrence notre future mère.

— Notre mère ? Qui pourrait l'oublier ? Désormais, elle a aussi son mot à dire et elle ne s'en privera pas. Mais tu as raison. Un sujet après l'autre. Revenons à Sibyl qui, loin d'être naïve, répond avec prudence. Félix a recopié sa phrase. *Il est bon de s'éloigner de l'amitié lorsqu'on doit être tout à l'amour, parce qu'il est trop difficile d'être multiple.* Quelle générosité et quelle élégance ! Que de délicatesse dans l'expression « être multiple » !

— Mais pourquoi Félix poursuit-il avec ses gros sabots, et toujours à la première personne du pluriel, *nous, nous* toujours *nous* ? Ne sait-il plus penser par lui-même ? Passe-moi le classeur. Écoute ! *Ce passage de votre lettre nous a attristés. Savez-vous qu'un de nos vœux les plus ardents, à ma fiancée et à moi, est de ne pas jouir d'un bonheur égoïste mais au contraire de multiplier nos cœurs ? Vous étiez mon Amie, vous serez notre Amie, cela peut-il être une diminution ?*

Margot m'a interrompu.

— Et rebelote ! Il ne se prive pas de repomper la trouvaille, « multiplier nos cœurs ». Bientôt nous en serons à la multiplication des pains !

— Qu'est-ce que je te disais ? *Nous vous sommes si reconnaissants d'avoir placé notre bonheur devant Votre, Notre Dieu ?* »

Margot a fermé le classeur rouge. Sa conclusion était lumineuse.

« Véronique, je devrais dire Sainte Véronique, a élevé le débat. Elle laisse Félix à Éros, et trouve consolation en Agapé, l'Amour que Dieu lui prodigue et qu'elle lui rend. Elle est sincère et ne réclame plus rien. Elle veut s'éloigner sur la pointe des pieds.

— Alors, tu penses que je délire avec sa rage rentrée ? Avec mes phallus et mes panthères s'étirant sur le sol, faisant fuir des canards sauvages ?

— Peut-être pas, a répondu ma sœur. Le retrait de Sibyl n'éloigne pas le danger qu'elle représente. Le post-scriptum de la lettre est sans équivoque. Trois lignes serrées faute de place. *Mademoiselle Boisset qui a lu cette lettre, devait y ajouter un petit mot d'amitié. Hélas, j'ai été bousculé en partant et cela n'a plus été possible.*

— Si tu veux mon avis, il s'agit là d'un pieux mensonge. Car si cette Mademoiselle Boisset, comme on était cérémonieux en ce temps-là, a lu cette lettre, comment n'aurait-elle pas trouvé le temps d'y rajouter *un petit mot d'amitié*? Elle n'a tout simplement pas voulu entrer dans le jeu, même innocent, de Félix. Elle a décliné l'invite à tracer son prénom, au bas de la page. Prénom que Véronique ignore encore…

— Franchement, mets-toi à la place de Fleur ! Elle est jeune, elle est belle, elle quitte tout, sa famille, ses amies, ses études, son pays, pour épouser Félix. Pour partir à des milliers de kilomètres, en Amérique ! Et soudain, ce merveilleux fiancé, dont elle est éperdument amoureuse, sort de son sac à malices une Amie de toujours pour laquelle il éprouve *une grande tendresse et les sentiments les plus doux… !*

— Accroche-toi, Fleur ! Tiens bon la rampe, maman ! Heureusement, il y aura bientôt l'océan entre elle et vous deux. »

Le Bon Génie

« Ainsi tu en fais tout à la fois, un innocent, un naïf, un libertin, un hypocrite et même un assassin ! Quelle salade ! Tu n'y vas pas avec le dos de la cuiller ! » Comme lorsque j'étais petit et que j'avais fait une bêtise, j'ai essuyé l'engueulade. Assise dans mon fauteuil, Jeanne me fustigeait du regard, en secouant mes feuillets fraîchement imprimés. Elle avait couru chez moi, à peine débarquée du TGV. Margot avait dû, une fois de plus, la mettre au parfum dans mon dos. Décidément, mon travail de fourmi, que je croyais inoffensif, suscitait des réactions insoupçonnées. Ma grande sœur, si éprise de justice, ne laisserait pas passer mes commentaires sans y ajouter les siens. De Paris, elle veillait au grain. Elle suivait mes faits et gestes comme si les foules allaient se précipiter sur les piles de mon récit amoncelées dans les librairies et que l'image de son père risquait d'en être irrémédiablement salie.

« Tu t'es focalisé sur les deux jeunes femmes, Sibyl et Fleur. Tu en fais des rivales. Tu n'as rien compris.

— Et que fallait-il comprendre ? » J'essayais de retrouver mon sang-froid.

« Il faut reprendre l'histoire à ses racines. Tenter d'analyser la démarche de Félix. Son attachement pour Sibyl a toujours été de l'amitié, une amitié indéfectible. Faite de confiance, d'échanges intellectuels sur des sujets qui les passionnent tous les deux. Un lien très fort, pas si éloigné de l'amour, mais qui n'entraîne aucune dépendance, aucun intérêt personnel entre eux.

— Mais oui, j'ai relu Aristote. Il qualifie ce lien réciproque d'amitié achevée, fondée sur la vertu des partenaires. D'ailleurs, ne prends pas le mot vertu dans son acception actuelle, beaucoup plus restrictive. La vertu, au sens large, englobe toutes les qualités que possèdent les gens de bien. OK ! Mais cette amitié est-elle possible entre un homme et une femme ? Toute la question est là. As-tu oublié leur rencontre à la Villa Rose, lorsque notre père est à deux doigts de demander Sibyl en mariage ? N'a-t-il pas confondu Éros avec Philiæ ? N'a-t-il pas entretenu l'espoir de son amie, de manière aussi démoniaque que lorsqu'il lui a annoncé ses fiançailles ? »

Jeanne a paru un moment ébranlée par mon plaidoyer véhément.

« Soit, mais il s'est repris par la suite et n'a pas cessé de brandir le mot amitié comme un drapeau.

— Plutôt comme un chiffon rouge ! Tu ne sais pas, si en entretenant ce lien par des lettres et par des témoignages répétés d'affection, il n'avait pas laissé flotter le doute dans l'esprit de Sibyl et exacerbé ses espoirs. La preuve en est qu'il lui a demandé pardon, pour le mal qu'il aurait pu lui causer.

— Elle n'était pas stupide, même Aristote a affirmé que l'amour pouvait se transformer en amitié mais que l'inverse était très rare.

— Tu ne m'empêcheras pas de penser qu'elle a été très amoureuse de notre père. Ni de croire que sa conversion au catholicisme et sa grande phase religieuse ont été une conséquence, même indirecte, même inconsciente de sa déconvenue.

— Tu t'égares à nouveau, Lucas. Tu extrapoles sur quelques indices. Leur histoire est beaucoup plus simple. Une histoire sans équivalent. Notre père est devenu l'homme qu'il a été, ouvert à toutes les préoccupations humaines et intellectuelles de son temps, en partie grâce à l'influence de son amie, durant ces années de jeunesse où l'on se forme à la vie. Après celles de l'enfance marquées par le modèle paternel rigoriste. Ce que Félix a apporté à Sibyl est plus difficile à cerner, sans l'autre pan de leur correspondance, les lettres de Sibyl. J'imagine qu'elle a été séduite par sa fraîcheur, son ingénuité, son humour badin, son sempiternel optimisme, sa soif de connaissances.

— Sans doute aussi par ses témoignages d'affection répétés si proches des marques de l'amour. Mais ni cela explique, ni cela excuse la maladresse et la cruauté des lettres qui annoncent son mariage. Qu'il ait eu l'impudence de croire que les deux jeunes femmes, l'Amie et la Fiancée, allaient souscrire à sa proposition d'établir une relation à trois. Même en tout bien tout honneur ! C'était à la fois utopique et stupide ! Il était soit naïf, soit machiavélique.

— Tu oublies une chose, Lucas. Notre père était aussi fidèle et idéaliste. Deux qualités que tu n'as jamais prises au sérieux dans ta propre vie. Convaincu de sa bonne foi, il pensait qu'il pourrait être à la fois fidèle à sa femme et fidèle à son amie.

— Sur ce, a dit Jeanne, je vais aller faire un tour au Bon Génie, histoire de rester fidèle à mes bonnes habitudes de consommation. »

J'ai toujours pensé que ma grande sœur était mon bon génie à moi. Elle m'en a encore donné la preuve aujourd'hui.

Quatrième partie

Le Krach

Il est parti, Fleur à son bras. Ils ont embarqué sous l'œil attendri de leurs parents respectifs. Après avoir butiné tant et plus en Amérique, et un peu moins en Europe, Félix a trouvé la Fleur, sa Fleur. Il n'a pas révélé ce prénom à l'Amie et s'est contenté d'un Mademoiselle suivi d'un nom de famille inconnu pour désigner sa fiancée. Fallait-il y voir l'effet des convenances de l'époque ? Le manque d'habitude d'utiliser les prénoms, même entre jeunes, et de s'en tenir à des formules cérémonieuses ? Pour la première fois, depuis que je parcourais ces lettres en long et en large, je remarquais que pas une seule ne mentionnait le prénom de Sibyl, si ce n'est sur l'enveloppe. Pendant les onze années de correspondance ininterrompue, chaque lettre débute par les deux mots qui semblent inoxydables, Chère Amie, toujours précédés de majuscules. C'est ainsi qu'elle est gravée dans le cœur de mon père. Peu importe son ou ses prénoms ! Alors pourquoi se donnerait-il la peine de lui divulguer tout de suite celui, léger, parfumé et enivrant, de celle qu'il entoure désormais de toutes ses attentions et de tout son amour ? Malgré les velléités de partage qui m'ont tant perturbé, il entend bien garder Fleur pour lui tout seul.

Il est parti, Fleur à son bras. Ils ont embarqué sous l'œil satisfait du père de mon père qui a tout misé sur son fils unique, ce jeune homme prometteur et doué, pour lequel aucun sacrifice n'a été assez beau. Il a de quoi pavoiser, mon grand-père, debout sur le quai d'où s'éloigne le transatlantique. Bien droit avec canne et canotier sous lequel s'abrite un visage sévère que souligne une barbe blanche et bien soignée. Son fils part pour New-York, il y fera fortune.

Car l'Amérique de tous les possibles, l'Amérique de 1929 est à son apogée. Embouchant les trompettes de jazz et faisant couler des flots d'alcool, les *Roaring Twenties,* que Félix a connues à leurs balbutiements, ont engendré toutes les folies, toutes les extravagances. Maintenant c'est l'argent qui ruisselle à flots sur les murs de Wall Street. Cet argent qui s'auto-engendre dans le crédit, la spéculation et l'escroquerie, devant un public ébahi, ravi, et qui en redemande. Le patron de la General Motors déclare : *« Je crois fermement que chacun non seulement peut devenir riche mais qu'il doit devenir riche ! »*

Le candidat républicain à la présidence, Herbert Hoover, affirme de manière tout aussi véhémente : *« Nous avons devant nous un champ illimité, nous n'avons fait qu'effleurer les promesses de l'avenir ! »*

Myopie des dirigeants, myopie de ceux qui les écoutent, myopie de ceux qui n'ont ni le recul de l'histoire pour analyser les failles du système, ni le cynisme de ceux qui s'enrichissent sans penser aux lendemains ! Il y a bien quelques hurluberlus qualifiés de cryptocommunistes, pour crier au loup, mais on a vite fait de les bâillonner. Ils dérangent tout autant que les Cassandre modernes qui s'excitent sur l'ampleur de la dette américaine et pronostiquent la mort du dollar.

Même Félix, malgré son titre prestigieux de docteur en économie, est contaminé par l'euphorie de son entourage. Mon père fait confiance à ses célèbres professeurs dont aucun d'entre eux n'a vu venir l'orage. L'orage ? Le cyclone plutôt. Quand on est dans son œil, tout se tait, jusqu'à ce qu'il vous emporte dans sa déferlante. Le Jeudi noir, le jour du *krach,* est suivi, d'un lundi noir, puis d'un mardi noir. En ces jours sinistres d'octobre 1929, la Bourse s'effondre, et Wall Street, le mur de toutes les richesses, devient le mur de la honte et des lamentations.

L'Amérique va mettre dix ans à s'en remettre. Mais c'est une autre histoire et celle de Félix et de Fleur en est encore une autre. Comment le jeune couple a-t-il vécu ces jours de folie et de malheur ? Il faudrait, pour le savoir, reprendre les lettres que la jeune épouse adressait à ses parents et à ses beaux-parents. Elles sont archivées dans le grenier d'Anémone. Car Fleur assume désormais le rôle d'épistolière. Félix est bien trop occupé par ses affaires, surtout lorsque les circonstances sont aussi dramatiques. Après tant d'années de correspondances assidues, mon père abdique en faveur de sa femme dont il découvre, avec émerveillement, le don pour l'écriture. Sa plume alerte saisit sur le vif les anecdotes qui ravissent un public déjà conquis, celui de leurs parents. Toutefois, elle n'a pas une passion pour l'économie et encore moins pour l'économie domestique. Sa première fleur est née quelques semaines avant le krach et occupe chacun de ses instants. Ils l'ont appelée Anne-Aymonne.

Histoire de fleurs

Elle est allongée sur la table à langer, ses petits pieds battent l'air. Beaucoup plus attentive à la personne qui tient l'objectif, sans doute Félix, qu'au petit lapin secoué devant son visage par un bras féminin. Elle, c'est Anémone, à deux mois. Le bras est à n'en pas douter celui de Fleur. Sur un autre cliché qui les représente tous les trois, ma mère est tendrement penchée sur son nouveau-né. Mon père a le regard fixé sur celui qui prend la photo, de toute évidence mon grand-père. En déchirant l'enveloppe, Sibyl a découvert la touchante image de bonheur familial… et les yeux de Félix qui ont tant de fois contemplé les siens.

Une enveloppe, deux clichés et une carte sur laquelle mon père a griffonné trois lignes, rien d'autre n'a survécu de cette année 1929. Mais j'avais la réponse à mes questions. Il a inscrit *Anne à deux mois* au dos de l'image, prise dans le jardin marseillais des parents Wanderer. Je reconnaissais facilement les grandes portes-fenêtres, le fauteuil en osier. Un rapide calcul m'a convaincu que la jeune femme est rentrée accoucher auprès des siens et qu'ils étaient en France lors du fameux « jeudi noir » ! Perspicace Anémone qui, encore *in utero*, a calculé avec précision sa date de naissance pour éloigner ses parents de Wall Street le Jour J. Ils n'ont pas essuyé de plein fouet le choc du krach !

Les deux photos du bébé avisé, devenu ma sœur aînée, ont traversé les années au fond du carton de Sibyl. Le message griffonné par Félix est laconique, toujours plombé par ce « nous » dévastateur. *Nous voudrions pouvoir écrire plus longuement, mais devons nous contenter aujourd'hui de vous exprimer tous nos vœux bien affectueux pour la Nouvelle*

Année. F et F Wanderer. Les deux F accolés, pour Fleur et Félix, ont résonné dans mes oreilles comme un bégaiement, plus affligeant qu'affectueux.

Iris s'impatientait. Elle me tannait pour que je fixe notre prochain voyage.

« Et ensuite ? Tu n'en as pas bientôt fini avec ton récit ? Y'a plus rien à raconter. Chacun de son côté, chacun sa vie. Lui, il cocoone avec sa Douce et lui fait fleur sur fleur. A propos, c'est quoi cette histoire de fleurs ?

— Oh ! C'était l'idée de Félix de donner des noms de fleurs à chacune de ses filles. Comme s'il avait voulu prolonger indéfiniment la beauté de sa femme. La première baptisée Anne-Aymonne est vite devenue Anémone. La deuxième Jeanne Rose naît à New-York, en pleine Dépression. Plus question de venir accoucher de ce côté de l'Atlantique. Quant à ta tante Margot, elle s'appelle en réalité Marguerite, mais ses sœurs aînées ont décidé pour elle et c'est le diminutif qui est resté. J'ai perpétué la manie de mon père en t'appelant Iris.

— Alors il envoyait à Sibyl, la photo de chaque nouvelle meuf ? »

Je n'ai pas relevé le mot peu châtié irrévérencieusement balancé par ma fille pour qualifier ses tantes. Je lui ai répondu que je n'avais rien trouvé d'autre mais qu'elle pouvait fouiller si elle voulait. Ce serait rapide. De toute façon, on arrivait à la fin du classeur.

« Tiens, il y a encore une photo de famille. Ouah ! Les grands cousins, tous les enfants de tes sœurs, la génération de la relève ! Je peux l'emporter ?

— Bien sûr ! Regarde ! Ils sont assis sur un banc du jardin de mes parents.

— Ouah ! Mes cousins germains, aujourd'hui des quadras rassis ! Les voir si angéliques, serrés l'un contre l'autre, c'est trop bien ! Eux aussi, ils ont passé des dizaines d'années au fond du carton de Sibyl. Et toi ? Où étais-tu ?

— Je m'étais tiré en Angleterre. J'avais seize ans. Mes potes et moi avions pour devise « À nous les petites Anglaises ». Je sais, le film est beaucoup plus récent, mais nous pratiquions avant l'heure la chasse aux filles faciles.

— Papa, crois-tu que Sibyl appréciait beaucoup toutes ces preuves de la fertilité de Félix ? »

J'étais bien incapable de lui répondre. L'Ami parti vers l'Ouest, Sibyl s'enfonce à l'Est. Leurs chemins divergent à nouveau. Elle s'exile en Albanie, comme si elle voulait accentuer le fossé qui les sépare. Elle enseigne la trigonométrie et la géométrie euclidienne à Tirana. Elle est témoin de la souffrance de ce petit pays, écartelé entre les grandes puissances et l'empire ottoman, qui vient de se doter d'un roi au nom improbable de Zogu. Elle rentre en Suisse, car la fièvre paludéenne fait des ravages dans le pays. Pense-t-elle encore à son grand ami ? Lui écrit-elle de temps à autre ? Mais où adresser ses lettres sans qu'inévitablement Fleur n'en prenne connaissance ? Comment se résoudre à répondre à ce « nous » pluriel et sans appel dont l'insolence l'insupporte ?

Partie de Cluedo

Depuis que j'écris ce récit, je collectionne les points d'interrogation. Énième question : quand aurai-je fini de poser des questions ? J'ai trouvé trois enveloppes dans le cahier de moleskine noir. Qu'a-t-elle fait de la lettre postée par Félix le 25 novembre 1930 ? Et de celle du 27 juin 1931 oblitérée à Enghien – tiens, Félix était à Paris – ou encore de celle du 15 mars 1932 jetée dans une boîte jaune, à la gare centrale de New-York ?

Les enveloppes étaient désespérément vides. Rien. Des indices certes, mais muets comme des carpes. Sibyl me plongeait à nouveau dans la mare au diable. Iris était partie, serrant sur son cœur, comme un trésor, la photo de ses vieux cousins quand ils étaient petits, pelotonnés les uns contre les autres, sur le banc grand-paternel. Il ne me restait que Margot pour émettre des hypothèses aussi contradictoires que stupides.

« Des hypothèses ? Pourquoi pas une partie de Cluedo ? a proposé ma sœur toujours joueuse.

— À toi, Lucas. Tu commences.

— J'émets l'hypothèse que le Professeur Wanderer s'est servi de son coupe-papier en forme de poignard mycénien pour ouvrir la lettre de Madame Véronique Blanc. Dans son bureau.

— Bon début, dit Margot. À moi ! J'émets l'hypothèse que Madame Flower a ouvert le paquet de lettres de Madame Véronique Blanc trouvé dans la poche de son mari, avec un couteau suisse. Dans la cuisine. Un peu tiré par les cheveux, je te le concède. À toi !

— J'émets l'hypothèse que Madame Véronique Blanc a brûlé les trois lettres du Professeur Wanderer à la flamme des bougies de son chandelier à sept branches. Dans sa salle à manger. À toi, Margot !

— Il est temps d'en finir et de passer aux choses sérieuses. J'accuse Mademoiselle Rose d'avoir étranglé Madame Véronique Blanc avec les lacets de ses bottines. Dans sa chambre à coucher. »

Margot s'étrangle de rire, dans le salon de Lucas. Sans arme !

« Pauvre petite Rose ! Un bébé aussi mignon accusé d'un si grand crime !

— Je ne sais pas qui a gagné, mais nous ne sommes pas plus avancés qu'avant...

— L'enquête piétine », ai-je marmonné, la mine sombre.

Margot connaît mes péchés mignons.

« On termine la soirée par un Scrabble ? Tu n'auras pas le choix. Te faudra fabriquer des mots seulement avec les lettres tirées du petit sac. Et t'en contenter. Sans triche ! »

Le temps des épreuves

Mieux valait enjamber les étapes. Il y a eu les trois enveloppes vides au début des années trente. Ensuite le vide, sans enveloppes. Rien avant, rien pendant la guerre. Celle de Quarante qui semblait avoir tout balayé sur son passage. Les frontières fermées comme en 1918, l'amitié s'était-elle envolée ?

Félix a ramé contre vents et marées durant toute la Grande Dépression. Lorsque l'Amérique a commencé à reprendre confiance grâce au New Deal lancé par son nouveau président, lorsque les affaires ont repris quelques couleurs, le couple a dû rentrer en France. Les sirènes parentales ont sonné, le chantage a été efficace : *« Nous vieillissons, nous aimerions voir grandir nos trois petites-filles. »*

Félix et Fleur, tous deux enfants uniques, ont fait leurs malles et sont rentrés. Peu importe l'avenir professionnel de ce brillant économiste, à Marseille. Les perspectives sont loin d'être brillantes car l'Amérique généreuse a exporté sa dépression en Europe. Ils en feront les frais sans se douter que la crise débouchera sur un cataclysme encore plus grave, la Seconde Guerre mondiale.

Le Félix de l'entre-deux-guerres est père de trois petites filles. Il est loin le jouvenceau qui hypnotisait les fourmis ! Devenu chef de famille, il connaît ses premiers grands chagrins, mort de sa mère, mort de son père. Quant aux parents de Fleur, s'ils sont toujours vivants, Félix doit subvenir à leurs besoins, tout en élevant sa tribu durant les privations et les soucis de l'Occupation allemande.

C'est l'heure de mettre en pratique les préceptes rédigés à l'intention de la Chère Amie, il y a bien longtemps. Le petit Traité du bonheur est déterré, la métaphore météorologique remise au goût du jour. Il ouvre son parapluie et attend que la pluie cesse. Inutile d'emporter un bouquin dans sa promenade. Une femme, sa Fleur, se tient à ses côtés, toujours aussi battante, énergique, passionnée, voire exclusive, ce qui ne semble d'ailleurs nullement le gêner. Être aimé, adoré, adulé, lui convient parfaitement puisqu'il n'a nulle intention de faillir à cet amour. C'est d'ailleurs le moment que choisit mon jeune père pour engendrer une quatrième fois et devenir mon vieux père.

Et l'Amie ? Que dire de ces années où la jeunesse s'efface pour faire place à la maturité ? Rentrée au bercail après l'expérience slave, elle enseigne dans sa ville jurassienne. Elle y fleurit les tombes de ses parents, de son frère, de sa sœur qui l'ont laissée seule en tête de ligne, pour veiller à l'éducation de ses neveux devenus orphelins. A-t-elle pensé à Félix dans ces moments douloureux ? S'est-elle servie des conseils d'optimisme de l'ami ? Les trouvant trop pragmatiques, a-t-elle préféré s'en remettre entièrement à son Dieu catholique ?

Ces pans de vie assombris par l'histoire, ils les ont peut-être partagés dans des courriers qui ne nous sont pas parvenus. Ou alors, ce que je croyais disparu à jamais, n'a plus lieu d'être. Les lettres ne sont plus nécessaires. Plus besoin de feuillets multiples, plus besoin d'encre. Leurs pensées se rejoignent, sans timbres, sans enveloppes. Finis les jambages élégants de l'un, les ratures et les retours en arrière de l'autre. Les prières de Sibyl, les petits bonheurs quotidiens de Félix, leurs rêves sont tressés ensemble, comme ces fils de couleur que l'on vous distribue dans les grands hôtels dans un nécessaire de couture miniature accompagnés de l'aiguille providentielle qui consolide le bouton en perdition. Ils les ont déposés sur un tapis volant faisant le va-et-vient entre leurs âmes sœurs, avant de s'arrimer à la trame de leur amitié solidement nouée durant leurs années de correspondance.

Le Bouquet

« Ta thèse est très poétique, a dit Margot, mais tes élucubrations ne tiennent pas la route. » Ma sœur, sans nouvelles de moi depuis le jeu de Cluedo, a eu peur que son Lucas ne s'égare à nouveau et fait à nouveau le siège de mon imprimante pour y dénicher mes dernières trouvailles.

Mais je détenais assez d'arguments pour lui clouer le bec.

« Ah Bon ? Comment expliques-tu, qu'après dix-sept ans de silence, le dialogue reprenne comme s'il ne s'était jamais arrêté ? S'il y avait eu d'autres courriers, ils seraient dans le carton. Véronique n'a jamais déménagé. La carte où Félix reprend sa plume, est adressée au 9 Rue des Tourelles comme toutes les précédentes. Elle est datée du 4 avril 1949 alors que la dernière enveloppe vide remonte à 1932. Dix-sept ans… tu te rends compte ? S'il n'y a plus de lettres, je dois bien inventer un autre mode de communication.

— Attends ! Tu te prends pour Aladin ? Arrête tes délires avec tapis volants. Il serait plus simple de penser qu'à la fin d'une journée de travail, à son bureau, il a pris son téléphone et l'a appelée pour lui demander de ses nouvelles. C'est moins romantique mais c'est plus vraisemblable.

— Margot ! Rappelle-toi. Quand nous étions petits, notre père nous exerçait à la transmission de pensée. Il fallait formuler un souhait et il essayait de deviner ce que nous avions dans la tête, sans que nous n'ayons rien dit. Et ça marchait ! Il a certainement initié Sibyl à ce petit jeu. Il était très friand de tout ce qui était ésotérique. Il s'était même amusé à faire tourner les tables.

— Tu vas aussi me ressortir ses expériences d'hypnotisme sur les fourmis à l'aide de brins d'herbe ? »

J'ai cédé. Nous avons repris le cheminement traditionnel, celui du classeur rouge. La carte envoyée en 1949 reprend le dialogue comme si les dix-sept années avaient été effacées par une gomme magique et que l'Ami réveillait la Belle au Bois dormant après un long sommeil. Mais le conte de fées ne peut effacer la réalité. Au dos de la carte, trois fillettes aux cheveux bouclés et en socquettes blanches hurlent : *« Chantons la louange de Jésus ! »* L'image, qui rappelle les illustrations désuètes des livres d'enfants d'avant-guerre, a été choisie à dessein par le Prince Charmant, fier de ses trois fleurs. De son Bouquet, selon le terme générique qui les englobe dans la même entité au sein du conclave familial.

« Et toi, tu n'y es pas ? » a demandé Iris qui s'est, pour changer, plantée devant la porte ouverte de mon Frigidaire, hésitant entre des pommes de terre froides et un reste de salade de haricots.

« Moi ? Je suis le petit Jésus, alias Lucas. Je vais naître dans une mangeoire, entre le bœuf et l'âne. »

Confidente

Combien de fois depuis le début de ce récit, ai-je décidé de ne plus m'appuyer que sur des faits tangibles ? Mais pourquoi collationner ces derniers échanges, avec leurs trous noirs et leurs mystères, si je ne tentais pas de les élucider ? Margot me talonnait, Iris me harcelait. Elles n'ont pas encore compris que Félix et Sibyl vont tout faire pour se revoir.

Qui des deux a pris l'initiative ? Sibyl a trop d'amour-propre pour faire le premier pas. Félix alors ? Erreur ! C'est elle qui lui écrit en premier ou plutôt lui envoie le faire-part de décès de sa sœur aînée. Les deuils offrent des prétextes en or pour raffermir les liens distendus.

Comment ont-ils planifié un revoir après toutes ces décennies de séparation ? J'ai remisé le tapis volant au profit du téléphone où leurs voix se sont mêlées puis envolées, il y a plus de cinquante ans. Ils se sont rencontrés à Neuchâtel. Je l'ai appris par Sibyl qui a griffonné au verso de la lettre de condoléances. *Rencontré F.W le 13 juin 54, à Neuchâtel.*

J'avais raté l'information à la première lecture. Elle était pourtant de taille. Hélas ! Mis à part ces huit mots en style télégraphique, aucun autre indice, ni avant, ni après pour m'éclairer sur cette nouvelle rencontre après tant d'années, la septième dans le décompte total. Pas de programme, pas de promenade annoncée, pas de préparatifs laborieux pour en fixer la date et le lieu. Rien. De ce revoir, presque trente ans après le précédent, rien d'autre n'a transpiré. Ils ont repris leur conversation avec le même plaisir. Ils ont enfin pu causer, un verbe peu employé de nos jours, récurrent sous la plume de Félix, qui focalise tous leurs intérêts communs. Je doutais en revanche qu'ils aient canoté et encore moins repris le cours de danse !

Depuis bien longtemps, bien avant l'annonce du mariage de mon père, Sibyl-Véronique ne numérote plus ses lettres avec de grands chiffres appuyés au crayon bleu. Ne se fiant plus à sa mémoire, elle inscrit sur chaque enveloppe la date de sa réponse, dans un petit cartouche tel un hiéroglyphe égyptien.

R. 25 VI 54.

Margot et moi avons dû patienter plus de deux ans pour trouver le suivant.

R. 18 XII 56.

Elle a reçu la longue lettre de Félix lui annonçant le mariage de la plus jeune de mes sœurs. Cette dernière n'en revenait toujours pas. Le faire-part était là aussi. Fleur qui a réglé chaque détail de la noce, n'a pas oublié le titre d'ingénieur d'une grande école parisienne de l'ex-époux de Margot. Sibyl a souligné de plusieurs traits le jour et l'heure de la cérémonie.

« Elle voulait sans doute pouvoir joindre ses prières à celles de l'assemblée réunie ce jour-là pour célébrer ton bonheur.

— Peine perdue ! » a murmuré ma sœur d'un ton lugubre, en écho à ma remarque.

L'histoire de Margot n'est pas celle de mon père et je n'allais pas m'y aventurer. Si elle pleurait, ce jour-là, ce n'était pas sur son mariage raté, mais sur cette découverte ultime de l'amour inconditionnel que son père lui avait porté.

Avec la confiance que seul un ami ou une amie peut inspirer, Félix ouvre son cœur à Sibyl et lui avoue son inquiétude concernant l'événement en préparation. Il se reprend vite, et même s'en défend, car son optimisme est toujours intact. Il balaie les préjugés, ceux de son entourage et de son époque, avec un modernisme étonnant. Impressionné par les diplômes du prétendant, on connaît son penchant pour les études supérieures, il se met au diapason de sa benjamine pour partager son enthousiasme. Six pages aux lignes serrées postées d'Amsterdam pour expliquer le contexte bien compliqué de ce mariage. Six pages, il y a bien longtemps qu'il n'avait tant écrit! Il s'en veut d'abuser de sa patience. *Dois-je m'excuser de m'être étendu sur ce qui remplit nos cœurs et notre esprit...?* J'ai noté au passage que l'adjectif possessif de la première personne du pluriel, devenu usuel sous la plume de Félix, inclut toujours Fleur dans chaque pensée.

Ayez l'indulgence de voir dans ces longues confidences une manifestation de mes sentiments que le temps et l'espace sont peu de chose entre nous, et que je sens toujours votre amitié très proche de la mienne... Le temps était en effet devenu peu de chose et chaque souvenir comptait. Dans cette même lettre, une phrase prise au vol évoque, à elle seule, toutes les autres semées au fil de leur passé commun. *Notre rencontre à Neuchâtel, dont je conserve un souvenir si doux, a été trop brève.* Il lui a fallu deux ans pour retrouver une formule si souvent employée qu'elle me paraissait usée! Je ne m'étais donc pas trompé. Leurs chères *causettes* avaient repris, en 1954, comme si le temps s'était, une fois de plus, arrêté.

Ma sœur triturait son vieux faire-part avec un air contrit. «Pauvre papa, je l'ai bien malmené avec tous mes problèmes conjugaux!» Bienfaisante Sibyl qui reprenait du service, après trente ans de chômage technique, dans son rôle de confidente! Le cartouche laconique

R. 18 XII 56

prouvait que la réponse avait bien été envoyée, donc reçue, peu avant la cérémonie nuptiale. Margot aurait donné cher pour avoir sous les yeux le brouillon de cette lettre. Avec ratures et repentirs.

Aimez-vous les énigmes ?

J'ai ausculté le cahier noir et ses boursouflures, cartes postales, coupures d'articles maladroitement collés, signés Véronique W. Quelques semaines auparavant, j'y avais prélevé les rares brouillons de lettres adressées à Félix et signées de la main de Sibyl ainsi que les trois enveloppes vides. Soudain, mon œil a été accroché par les mots familiers de mon enfance : Cassis, les calanques, Mazargues. Que faisaient-ils dans le cahier de Sibyl ?

Dans ma mémoire se cognaient tout à coup les souvenirs d'un déjeuner pas comme les autres, au cœur de l'été marseillais. La salle à manger est maintenue dans la pénombre. On a entrecroisé les volets pour contenir la chaleur qui embrase la façade de la maison. Le jus du melon dégouline sur les joues de Lucas, l'odeur des aubergines et des courgettes farcies excite ses papilles. Sur la desserte, le camembert et les pêches du jardin exhalent leurs parfums contrastés. Avant l'arrivée des convives et sur les injonctions de sa mère, Lucas est allé en rechignant cueillir trois feuilles de figuier pour parer le compotier. La conversation flotte au-dessus de la tête du petit garçon sans qu'il y prenne part. Les trois invitées s'extasient alternativement sur la qualité des mets et sur les beautés de la Provence. L'une d'entre elles, celle dont le regard bleu n'a cessé de le fixer depuis le début du repas, s'adresse à lui :

« Aimez-vous les énigmes, Lucas ? » Il reste muet, pétrifié sur sa chaise. Qu'est-ce qu'il lui prend à celle-là de lui poser une question aussi saugrenue ?

« Et bien, réponds quand on te parle », dit Fleur d'un ton agacé à son fils, bien qu'elle impose le silence aux enfants pendant les repas. Lucas adore les romans policiers, les livres à clé, il aimerait sourire aux yeux bleus, lui parler du conte de Monte-Cristo, emprisonné au château d'If. Pourtant, il se lève brusquement et renverse son verre d'eau sur la nappe. Il file vers le jardin, enfourche son vélo et pédale à fond de train dans la traverse torride qui mène à la plage. Le portail vert a claqué, il est parti.

« Excusez-le. Notre fils est un sauvage », dit Fleur qui utilise, comme Félix, l'adjectif possessif conjugal à la première personne du pluriel.

Je la tenais enfin cette preuve, la preuve que je cherchais depuis des semaines, la preuve qu'elle était venue à Marseille, chez mon père, chez nous. Ce n'est qu'aujourd'hui, à la lecture des mots ensoleillés, Cassis, calanques, château d'If, écrits dans le cahier de Sibyl, dans la fulgurance du souvenir de ce repas, que je réalisais que je l'avais vue et qu'elle m'avait parlé lorsque j'étais enfant. Ainsi, la rencontre entre l'épouse et l'amie, tant souhaitée par mon père trente ans auparavant, avait enfin eu lieu, ce mardi 29 juillet 1958. Je me fiais aux notes hâtives, une sorte de mini-carnet de voyage gribouillé dans le fameux cahier noir à tranches rouges.

Accompagnée de deux élèves, elle a fait une virée dans le Sud de la France. Après la Camargue et les Saintes Marie de la Mer, elles ont échoué à l'Hôtel Terminus, sur la Canebière, d'où Sibyl a appelé Félix à son bureau. Le compte rendu de la journée est en style télégraphique. Pas d'emphase, pas de sentiment ! *Nous allons jusqu'à Cassis où du brouillard contrarie la vue. Mais les calanques sont de bien beaux fjords méditerranéens ! Visite et dîner chez les Wanderer.*

Après le départ précipité de Lucas, Félix a rempli de rosé le verre de Sibyl. Il est silencieux comme souvent lorsque Fleur monopolise la conversation. Mais où s'égarent les pensées de mon père ? Il aimerait entraîner sa Chère Amie au fond du jardin. Oh ! En tout bien tout honneur, seulement pour lui montrer la vue sur les collines de Marseilleveyre et la serre où il fait ses boutures de géranium. Il voudrait échanger quelques réflexions sur ses dernières lectures et rappeler des souvenirs qui n'appartiennent qu'à eux deux. Impossible ! Il connaît Fleur qui, malgré les années écoulées, n'a pas désarmé d'un pouce. Toujours aussi passionnée, toujours aussi possessive !

Alors, un sourire flotte sur les lèvres de mon père. Il se cale dans le fauteuil en osier et, tout en sirotant son café, se contente de les regarder toutes les deux. Côte à côte et enfin réunies. Encore belles, même si les plis de la bouche de Sibyl sont plus sévères et les hanches de Fleur plus alourdies qu'autrefois. Toujours aussi intelligentes, la première plus réfléchie, la seconde plus pétillante. Et pour lui, le bonheur n'a pas d'autres visages.

Le dernier mirage

Il n'aura de cesse de les réunir à nouveau. Durant la visite de Sibyl, il a pu comparer leur esprit, lors des joutes verbales qu'il a provoquées avec humour et un soupçon de machiavélisme. Il n'y a eu ni vainqueur ni vaincue. Cartésienne ou mystique, bouillonnante ou posée, elles sont toutes les deux trop généreuses et avisées pour souhaiter mettre leur rivale au tapis.

Mais cette rencontre d'un autre type, cette rencontre à trois si ardemment désirée par Félix lors de ses fiançailles, restera unique et sans lendemain. Il n'y aura pas d'autre fois. Pâques et Noël, chaque fête carillonnée donne lieu à des échanges de vœux, à des messages entrecroisés. Au dos des cartes, les caractères s'amenuisent comme s'ils suivaient le cours d'une vie qui s'étrécit peu à peu, mais les courbes des lettres sont toujours aussi harmonieuses. Il les termine en formulant des souhaits sans cesse renouvelés.

Il faudra synchroniser nos déplacements car je ne voudrais pas être déçu dans l'espoir de vous revoir dans un proche avenir…

Nous espérons vous voir à votre retour d'Italie…

Venez bientôt en Provence pour y séjourner.

Venez nous rendre visite, ce qui nous causera beaucoup de joie…

Si ce n'était l'emploi récurrent de la première personne du pluriel, ce nous dont Sibyl est définitivement exclue, les mots se répètent, exprimant le vœu de la revoir et le bonheur qu'il en attend. Éternel bégaiement que fait jaillir le souvenir cousu à jamais dans le cœur de Félix.

Au début de l'année 1964, il a maintenant soixante-six ans et commence à profiter de sa retraite, Sibyl lui annonce un voyage en Provence avec sa jeune nièce. Le voici tout excité, élucubrant un programme, comme lorsqu'il combinait leurs rendez-vous, quarante ans auparavant. Il énumère les étapes du voyage idéal et détaille les sites à visiter impérativement. Sans omettre une seule église, un seul monastère dont il sait son amie très friande. Il joint à sa lettre un plan dactylographié, les GPS ne sont pas encore inventés, pour trouver facilement le chemin de sa maison. Un petit plan maladroit qu'elle a conservé dans l'enveloppe. On ne sait jamais…

Mais, comme il n'y avait pas eu de Bercher en 1918, il n'y aura pas de voyage en Provence en 1964. Pourtant, la grippe espagnole ne sévit plus à Marseille depuis longtemps. Aucune explication n'est donnée pour justifier cette annulation subite et Félix ne cache pas sa déception. *Ce n'est qu'une petite consolation de me dire qu'ainsi je pourrai me réjouir plus longtemps à l'idée de votre venue.* On ne le changera pas. Toujours fidèle à son verre à moitié plein, mon père qui, malgré le contretemps, continue à espérer : *Il y a longtemps que nous ne sommes revus. Nous aurions une foule de choses à nous dire et d'idées à remuer.* Car il n'a plus le courage de couvrir d'encre vingt-deux feuillets, comme il le faisait, il y a bien longtemps, dans sa chambre d'étudiant à Berne. Tel Candide, mon père, mon vieux père, cultive son jardin. Il bine ses plates-bandes de zinnias et de soucis, désherbe ses rosiers, arrose de son amour son Bouquet de fleurs, ses filles, et surtout la plus chère à son cœur, sa femme. Celle qui lui tiendra la main jusqu'au dernier soupir.

Au mois de décembre 1972, Félix envoie des vœux à sa Chère Amie. La lettre est tapée à la machine, car il a dû s'aliter quelques mois auparavant, suite à un infarctus, et ses doigts n'ont pas encore recouvré leur souplesse. Il n'en perd pas pour autant son humour badin. *C'est pour me punir de la fierté que vous m'aviez fait éprouver l'an dernier à réception de vos congratulations aimables concernant le maintien de mon graphisme. Tempora mutantur !* Le Premier prix de version latine n'a oublié ni Ovide et ses *Métamorphoses*, ni Héraclite, le philosophe préféré de Sibyl.

Devenu grave, et pour la première fois de sa vie nostalgique, Félix termine sa missive. *Vous savez que je vous associe toujours à ces mois heureux que j'ai passés à Genève.* A-t-il en tête une silhouette coiffée d'un béret rouge lorsqu'il signe cette dernière lettre ? Car ce sera la dernière. Félix Wanderer est mort, six mois plus tard, sans avoir revu Sibyl Véronique Weiss. Leur amitié, leur amour épistolaire a duré cinquante-cinq ans. Durant toutes ces années, ils ne se sont rencontrés que huit fois.

Tu dors ?

Ma fleur à moi, mon Iris fier et échevelé, semblable à ceux dont raffolait son grand-père, venait d'arriver.

« Cette fois, ça y est ? T'as fini ? Il est mort ? C'est terminé ? On peut regarder ce DVD tous les deux ? » Que savait ma fille de dix-huit ans de la mort ? La vie l'en avait épargnée jusqu'à ce jour. Elle n'a jamais connu le père de son vieux père. Elle n'était pas encore née quand il est mort. Que savait-elle de la souffrance qui s'abat sur celle dont l'être cher est parti pour toujours ? Elle n'a pas entendu Fleur sangloter toute une nuit, abîmée dans sa douleur, les yeux rivés sur le corps de son mari, raide et froid. Elle n'a pas entendu les chuchotements échangés par Margot et Lucas de leurs chambres voisines :

« Tu dors ?
— Non.
— Elle pleure ?
— Oui
— Tu vas aller la consoler ?
— Non. Elle a renvoyé Jeanne.
— Qu'est-ce qu'on fait ?
— Rien.
— Tu as du chagrin ?
— Moins qu'elle.
— Mais tu as quand même du chagrin ?
— Oui, aussi pour elle.
— Alors, on attend qu'il fasse jour ?
— Oui. Non. Essaye de dormir…
— Tu dors toujours pas ?
— Non.
— Elle est seule.
— Non, elle est avec lui.
— C'est leur dernière nuit.
— Oui. Allez, dors ! »

Au fond du carton

J'ai répondu à Iris : « Oui, c'est terminé. Pour lui et pour moi. Aide-moi à tout remettre dans le carton de Cécilia. Je ne lirai jamais plus toutes ces lettres ». Je n'avais plus envie de rien. J'avais le cœur lourd. Il me semblait que mon père venait de mourir pour la deuxième fois. Que je vivais sa perte plus intensément que trente-cinq ans auparavant. Non plus à travers la douleur de ma mère, mais avec la mienne propre, celle du jeune fils qui voyait partir son vieux père trop tôt.

« Viens voir, m'a dit Iris, il y a encore quelque chose d'écrit. Là ! Regarde ! » Elle ne se trompait pas. Sur le fond du carton, je lisais des phrases au crayon, sans ratures, sans repentirs, sans soulignement. Pourtant l'écriture, je la reconnaissais sans peine, c'était celle de Sibyl. Surprise, ces phrases n'étaient pas adressées à Félix mais à moi, Lucas, son fils. J'étais le premier à les lire. Sous les paquets de lettres qu'elle avait reçues de mon père, chacune soigneusement repliée et réintroduite dans son enveloppe, elle avait griffonné au crayon :

La correspondance n'intéresse que celui qui la reçoit et celui qui l'envoie, et pourtant elle exprime le caractère d'une époque et révèle des nuances d'âmes.

Je n'ai jamais été capable de détruire immédiatement des lettres reçues. Il me semblait qu'un tel geste eût été un manque d'égards, une vulgarité envers qui avait écrit. Et pourtant le contenu de ces cartons n'est que quelques lettres parmi celles qui me sont parvenues. Des unes sont belles, délicates, humaines, elles sont des témoins. Quand celui ou celle qui les a reçues n'est plus, elles parlent un langage qui a voix d'outre-tombe.

Sibyl allait suivre de peu mon père dans la mort. Mais avant de mourir, elle me parlait comme le jour où son regard couleur d'un ciel de Flandre s'était posé sur le petit Lucas.

« Vous serez mon passeur. Faites lire ces lettres aux générations de demain. Des unes sont belles, délicates, humaines... Je ne veux pas les détruire... » Elle me les donnait, les belles, les délicates, les plus humaines, avec les nuances d'âmes qui coloraient chaque feuillet. À moi, Lucas, avec l'autorisation et même la mission de les divulguer. Lui désobéir aurait été le comble de la vulgarité envers celui qui les avait écrites.

Soudain, la phrase qui m'avait tellement décontenancé lorsque j'étais petit me fouettait à nouveau en plein visage. « Lucas, vous aimez les énigmes ? » Si j'étais resté à table ce jour-là au lieu de m'enfuir sur mon vélo, aurais-je découvert quelque indice pour déchiffrer le secret de Sibyl ? Le mystère de tous ces mots enchevêtrés, de toutes ces lignes soigneusement alignées, de ces variations sur le même thème qui résonnaient aujourd'hui à mes oreilles comme une symphonie inachevée, aurait-il été moins épais ?

J'ai bondi de ma chaise. La clé je la tenais. À la fois dans la question adressée au garçonnet de douze ans qui humait les senteurs d'aubergines et de courgettes farcies, et dans le cahier de moleskine dont je n'avais pas encore épuisé toutes les révélations.

Dette d'honneur

Elle a bien gardé ce secret qui n'était pas le sien. Pas un mot n'a transpiré dans sa correspondance. Le destin que Félix invoquait en vain dans ses lettres, l'avait frappée. C'était lui, le véritable assassin de notre jeu de Cluedo puéril. Et ce n'est pas les lauriers cueillis avec ses versions latines qui auraient pu mettre mon jeune père sur la voie. Comment deviner que ce *Fatum* impitoyable avait posé sur les épaules de la jeune fille, dont il était l'Ami, un fardeau tel que sa vie tout entière en serait inexorablement brisée ?

Aujourd'hui, tout le monde s'endette et, apparemment, tout le monde s'en contrefiche. Aux États-Unis, ce pays de cocagne si cher au cœur de Félix, on a acheté des maisons, des voitures, des équipements électroménagers sans posséder le moindre sou. À crédit ! Les créances ont passé de main en main, de banque en banque, comme chat sur braise. La crise des *subprimes* a échaudé le monde entier, mais la ronde infernale se poursuit. Après avoir délibérément détroussé des cohortes de petits porteurs, des PDG soi-disant respectables coulent des jours tranquilles grâce à leurs parachutes dorés. Désormais, les États donnent aussi le mauvais exemple. Pour anoblir leurs dettes pharaoniques, ils les ont affublées d'un qualificatif royal, elles sont souveraines. Nous revivons la parabole de la paille et de la poutre, la petite Grèce et la péninsule ibérique ont été mises au pilori pour mieux voiler la dette la plus abyssale qui soit, celle des Américains. La roue, ou plutôt la roulette, continue à tourner et la Chine s'éveille avec des dollars plein ses poches.

Je ne suis pas docteur en économie comme Félix. Je vais cesser de m'indigner. Car où est la vérité ? Quel est le crime le plus détestable ? La fuite en avant et l'impunité imméritée des spéculateurs, les escrocs d'aujourd'hui ? Ou la condamnation de deux jeunes filles innocentes pour une dette d'honneur, dans une ville tranquille du Jura suisse, au début du siècle dernier ?

La plus belle, la plus intelligente jeune fille qui soit, si à vingt ans elle se voit dotée de XXX'XXX francs de dettes... alors elle n'est pas épousable ! Le redressement d'une dignité familiale exige de certain membre de la famille le renoncement à la création d'une famille personnelle.

J'ai trouvé ce cri de détresse dans le cahier noir de Sibyl, en date du 5 mars 1949. Elle venait d'avoir cinquante ans et faisait cet aveu à son journal intime. Une dette de XXX'XXX francs. Belle dot en négatif, ma foi ! Une fois de plus, j'étais contraint d'émettre des hypothèses. La somme ? Les six chiffres indiquent qu'elle était colossale, en ce temps-là, pour une famille sans fortune. J'ai renoncé à tenter de la convertir en francs ou en euros d'aujourd'hui et me borne à aligner des XXX peu parlants. L'origine ? Le cahier noir est muet sur le sujet. Sans doute une dette de jeu contractée par un membre de la famille Weiss. Vraisemblablement de sexe masculin, car les femmes étaient le plus souvent confinées dans leurs travaux domestiques.

Qui avait contraint la ou plutôt les jeunes filles Weiss, car la sœur de Sibyl sera sacrifiée de la même manière, à assumer le poids du remboursement de cette dette, à seule fin d'éviter que la famille ne soit couverte d'opprobre. Le père ? La mère ? Des oncles ? Les deux sœurs l'auraient-elles proposé spontanément ?

Quoi qu'il en soit, le secret devait être bien gardé, et surtout, ne pas suinter hors de la maison, hors des murs de la honte. En ce temps-là, une dette d'honneur demandait à être traitée dans l'ombre, dans le silence et dans la dignité, le sourire aux lèvres, même s'il était de façade.

Alors, elle n'est pas épousable... Le mot fait grincer des dents. Pas épousable commence comme épouvantail. L'épouvantail du célibat forcé, de la maternité reniée, de la vieillesse esseulée. Il finit comme inusable, tel un vêtement de travail qui durera tout une vie. Un mois après l'aveu fait dans son carnet intime, Sibyl reçoit la carte envoyée par Félix, la première après les années de dépression et de guerre. Ornée d'un dessin kitsch où trois fillettes chantent la gloire de Jésus. Comment a-t-elle pu contempler sans hurler le symbole de ce bonheur familial auquel elle n'avait pas eu droit ?

Aujourd'hui, l'histoire de Sibyl paraît relever de la pure fiction. J'entends d'ici le chœur des rieurs se moquant de mon récit.

« Lucas, ta chute est cousue de fil blanc. Elle tombe à plat. Aucun lecteur ne va donner crédit à tes inventions ridicules. Personne n'aurait l'idée monstrueuse de charger deux jeunes filles belles et intelligentes du poids de lourdes dettes contractées pas autrui, fût-il leur parent. Au point de les priver de fonder une famille.

— Ne riez pas. Il faut me croire. Je n'ai rien inventé. Le double crime m'a été révélé par Sibyl elle-même. Tel un drame antique, il a été perpétré, il y a un peu moins d'un siècle, dans une ville suisse aux rues bien quadrillées. »

Antigone

Quiconque osera lui rendre les devoirs funèbres, sera impitoyablement puni de mort. Cette citation de Créon, tirée d'*Antigone*, la pièce de Jean Anouilh, ouvre la première page du cahier de Sibyl. Antigone, la sœur de Polynice et d'Etéocle, sera emmurée vivante sur l'ordre de son oncle Créon. Ce dernier a ordonné que le corps de Polynice, l'assassin d'Etéocle, soit laissé sans sépulture et abandonné aux chacals. Mais Antigone a enfreint la loi édictée par son oncle. Elle a recouvert de terre le cadavre de son frère dont la puanteur était en train de se répandre dans la ville tout entière. Pour lui rendre son honneur.

Jouée pour la première fois en 1944, la pièce d'Anouilh, illustre le conflit entre le devoir d'obéissance à l'autorité et le devoir d'obéissance à sa conscience. En pleine Occupation allemande, l'auteur faisait en termes à peine voilés l'apologie de la Résistance. L'amie de mon père donne une autre interprétation de la tragédie grecque. *Ce n'est pas cette opposition entre l'obéissance légale et l'obéissance légitime qui est au cœur de la tragédie antique,* **mais l'inéluctable sacrifice de celle qui accepte de compenser, d'effacer les déficits de sa race, de sa famille, de ses frères.**

Sibyl a trouvé son modèle dans la fille d'Œdipe et de Jocaste. Antigone s'est sacrifiée pour racheter l'honneur de celui qui a tué son frère afin de s'asseoir sur le trône de Thèbes. Mais Anouilh dans la bouche de Créon l'affirme avec mépris, l'un ne valait pas mieux que l'autre. « *Ils se sont égorgés comme deux petits voyous qu'ils étaient, pour un règlement de comptes...* » Sibyl s'est-elle sacrifiée pour un vaurien semblable à Polynice ou à Etéocle ?

La jeune femme a recopié dans son cahier d'autres citations. Comme si chacune était le miroir de ses préoccupations.
*« Il arrive souvent chez certains hommes que par une tare de la nature, telle une tare de naissance, par le développement excessif de quelque penchant qui renverse les murs et les forteresses de la raison, ou par quelque habitude qui corrompt les façons usuelles, il arrive que ces hommes portent l'empreinte d'un seul défaut, leurs vertus fussent-elles par ailleurs pures comme la grâce, infinies autant qu'il est possible en l'humaine nature, ces hommes seront frappés **du blâme général pour ce vice particulier**. Un seul grain d'impureté fera de leur noble substance un objet de scandale... »*

Sibyl n'est déjà plus à Thèbes. Sautant par-dessus les siècles et les frontières, elle écoute Hamlet, le fils du roi du Danemark. Le jeune prince attend le Spectre sur le chemin de ronde du château d'Elseneur. Il entend la bacchanale orchestrée par le Roi Claudius. Hamlet apprendra bientôt que son oncle est le meurtrier de son père qu'il doit venger au risque d'y perdre lui-même la vie.

De quel individu mystérieux Sibyl a-t-elle dû expier la faute ? De quel vice particulier, objet de scandale susceptible d'entraîner un blâme général était-il affligé ? Elle a enfermé son secret au plus profond de son cœur et apprivoisé son malheur. Les citations rampent dans le cahier comme de jeunes couleuvres échappées de leur nid.

Sois sage, Ô ma douleur, et tiens-toi plus tranquille...
...
Pendant que des mortels la multitude vile,
Sous le fouet du plaisir, ce bourreau sans merci
Va cueillir des remords dans la fête servile
Ma douleur, donne-moi la main, viens par ici...

Bacchanale ou fête servile, le péché rôde.
Il y a quelque chose de pourri au royaume du Danemark.

Sibyl n'a pas trahi son bourreau. Elle a pardonné, peut-être en raison des *vertus pures comme la grâce* dont il était par ailleurs paré. Nul besoin de Baudelaire pour écrire la phrase qui vient naturellement sous sa plume. *Ni juger, ni blâmer ses ancêtres car nous ignorons leurs épreuves... mais souffrir parce que notre destin met en évidence leurs manquements.*

Elle a trouvé ce pardon bien éloigné de la philosophie de Sophocle, et du drame de Shakespeare dans l'Évangile. *Pardonne-nous nos offenses comme nous pardonnons aussi à ceux qui nous ont offensés*. Puisqu'elle n'était pas épousable, malgré sa beauté, malgré son intelligence et ses autres vertus, puisqu'elle ne pouvait pas demander à un autre de partager ses souffrances, elle a cherché et trouvé le réconfort dans la religion. Le catholicisme lui a ouvert son Enceinte *où l'Unité de Croyance à travers l'espace et le temps donne une force que ne peut éprouver l'individu isolé*. Elle s'est acquittée joyeusement de son obole. Elle l'a écrit à Félix, elle le redit dans son cahier. *Rien ne peut abolir la loi inéluctable au nom de laquelle Antigone est sacrifiée, rien ne peut l'abolir, si ce n'est la certitude chrétienne.*

Ainsi tout s'expliquait. Emmurée dans le célibat par son sacrifice, Sibyl ne s'est pas pendue comme Antigone, elle a changé de prénom et choisi celui de Véronique, la sainte de la souffrance. Sans entrer dans les ordres, elle est devenue une Sœur Expiatrice, une Sœur réparatrice.

Il faut des filles sacrifiées et des sœurs raccommodeuses.

Sa révolte rentrée, ses regrets, sa solitude, elle ne les exprime que trente ans plus tard, noyés dans d'autres citations, d'autres pensées intimes, un pêle-mêle pathétique où j'ai glané, ici et là, des lambeaux de sa vie.

Cariatide

Félix n'a rien su. Félix a accepté les explications et les pieux mensonges de Sibyl comme on gobe un œuf. Si facilement que ça ? Pas si sûr ! Il se doutait de quelque chose. Dès sa première lettre, dans une intuition fulgurante, il voit Sibyl en héroïne racinienne et emprunte les paroles d'Antiochus :

Je vous redemandais à vos tristes états...

Plus tard, il s'étonne des réflexions sur la souffrance, des accès de découragements, de l'indécision de la jeune fille. Il ne sait plus que penser. Sa mère traverse parfois des périodes dépressives, il croit que la mélancolie dont souffre son amie est de même nature. Alors, son caractère généreux et fondamentalement heureux lui dicte des mots de réconfort maladroits. Félix, le polisson, Félix, le privilégié, Félix et son petit Traité du bonheur tente d'adoucir les angoisses de Sibyl. Il lui raconte des anecdotes puériles en vue de la distraire. Il contemple ses yeux tristes, sans réussir à la dérider.

Un tel abîme sépare le jeune homme béni des Dieux et Sibyl, emportée dans sa tourmente familiale ! *La douleur est le symptôme de la vitalité du cœur,* a-t-elle encore souligné dans son cahier. Je comprenais enfin l'allusion qui m'avait paru bien pompeuse à *l'organisation simple et héroïque de sa vie quotidienne.* Je comprenais aussi pourquoi le jouvenceau qu'était mon jeune père avait été séduit par la jeune fille énigmatique, réfléchie et profonde qui deviendrait sa Chère Amie.

Pourtant, Félix était loin d'imaginer l'inimaginable. Un sacrifice aussi pitoyable ! De longues années plus tard, comme traversé à nouveau par une conviction intime, il lui envoie deux cartes, l'une symbolise le crime et l'autre le sacrifice.

Les deux poignards crétois trouvés dans les tombes royales de Mycènes, tout d'abord. Ceux que, dans mon ignorance, j'avais assimilés à la cruauté inconsciente de mon père lors de l'annonce de ses fiançailles Ils évoquaient la souffrance mais leur signification était bien plus lourde. Le destin avait fourbi ses armes et transpercé le cœur de deux jeunes filles innocentes. Sibyl et sa sœur aînée, aussi belle et intelligente que sa cadette, avaient été immolées, telle Iphigénie, autre héroïne grecque, évoquée dans le cahier de moleskine, autre sacrifiée par et pour des rois grecs, pour que le vent se lève et qu'ils puissent mettre les voiles en direction de Troie. Le point d'interrogation que forme la queue enroulée du lion rugissant face aux hoplites n'était que le « pourquoi » muet de mon père.

Il a posté l'autre carte de Delphes. Une triple cariatide, la tête coiffée d'une tiare, est adossée sur les trois faces d'un chapiteau corinthien. Le contraste est saisissant entre la tunique aux plis fluides et les épaules de pierre massives destinées à supporter le poids du temple. Mystérieuse coïncidence, mystérieuse correspondance, Sibyl a écrit dans son journal intime. *Une cariatide soutenant une maison croulante, tel pourrait être le blason de mainte vieille fille.*

Ainsi, je ne m'étais pas trompé quand j'évoquais des échanges d'un autre type, sans lettres, sans enveloppes, ces rêves tressés ensemble, solidement arrimés sur la trame de leur amitié et défiant le temps qui passe. Margot n'avait pas fait fausse route lorsqu'elle décrivait en alexandrins la douleur de Sibyl, Bérénice moderne.

Innocente la correspondance entre les deux amis ? Au cœur de la fourmilière éventrée, la tragédie avait sournoisement fait son nid.

Sur ses traces

En désespoir de cause, seule derrière mon grand écran, Iris a téléphoné à Margot et lui a proposé de venir partager avec elle son paquet de chips. Elles n'en revenaient pas de mes conclusions.

«Alors plus de brouillard épais sous les ponts de la Tamise ? Tout est limpide comme dans les eaux vertes des calanques ? a dit Margot.

— Oui et non. C'est plutôt le cloaque d'Elseneur. Reste l'ultime question. Si Sibyl avait dévoilé son secret à Félix, aurait-il agi autrement ? Aurait-il pris la fuite comme Lucas sur son vélo, comme je l'ai fait trop souvent en reculant devant l'obstacle ? Ou au contraire, tel un noble chevalier, l'aurait-il hissée sur son blanc destrier ? Aurait-il déposé toute sa fortune à ses pieds pour la délivrer de la tare familiale ?

— S'il avait fait ce choix, s'il n'avait pas aimé Fleur, alors aucun de nous trois ne serions ici ce soir pour en débattre. Tu pourrais rédiger ce roman uchronique ?

— Difficile ! À moins d'imaginer que je n'appartiens pas à cette histoire.»

Iris m'a poussé hors du bureau et traîné dans le salon :

«Allons ! Arrête de te creuser le chou et viens voir ce DVD. Ce sont des reportages sur l'Amérique du Sud et c'est là que nous allons partir en voyage pour fêter mes dix-huit ans. Sur les traces de Félix, de mon jeune grand-père.»

Épilogue

L'ange de Pomposa

Avant de partir pour Santiago du Chili, j'ai rattaché les derniers fils du tapis.

Il l'avait confectionné tout au long de sa vie. Lorsqu'il désherbait, les genoux appuyés sur un vieux coussin pour éviter que les cailloux ne le blessent, il adoptait la position de l'implorant comme pour expier un péché qu'il n'avait pas commis, celle si souvent prise par la Chère Amie lorsqu'elle priait son Dieu.

Le coussin est devenu un tapis où il ne manque plus un seul fil. J'ai posé au centre l'Ange vêtu d'une tunique en or, celui de l'Abbaye de Pomposa, près de Ferrare. Ultime carte postale, enfouie dans le carton de Sibyl où je lis ces mots presque effacés : *Notre fidèle amitié est une chose bien précieuse...*

Ultime Adieu. Comme si l'apparition allait venir les prendre par la main, Sibyl, Félix et sa Fleur, au Jour du Jugement dernier, pour les faire asseoir tous les trois à la droite du Père, parmi les autres Justes.

J'ai lavé le tapis avec les larmes de Véronique. Je l'apporterai en offrande à sa nièce, Cécilia, à mes sœurs, Anémone, Jeanne et Margot, à ma fille, Iris, et à sa mère, Alba, en hommage à mon jeune père.

Friendship

What is Friendship? 'tis a breathing spell
The softest sound, that lips have ever spoken,
A thing too pure, on this cold earth to dwell
A silken knot, scarce tied, ere it is broken
And yet, it is the guiding star of all our hopes
Our joy and solace, in this world of care
And cold must be the heart and sad the soul
That has no friends, its joys, its griefs to share.

Amitié, qui es-tu ? Le temps suspendu,
Un murmure attendrissant issu de nos lèvres,
Un sentiment trop pur pour séjourner sur la terre glacée
Un nœud en soie à peine noué avant de se défaire
C'est pourtant toi l'étoile qui guide nos espoirs,
Notre joie et consolation dans ce monde d'adversité
Bien froid le cœur, bien triste l'âme
Sans amis pour partager ses joies et ses peines.

Qui a écrit ce poème ? Nouvelle énigme au cœur de cette enquête ! « Lecteur, lectrice, si tu en connais l'auteur, appelle-moi. J'ai tenté de le traduire, hélas, sans lui rendre toute sa grâce ! »

Lucas Wanderer

Table des matières

Prologue 9
Loèche-les-Bains, 17 juillet 1918 11

Première partie **13**
Cécilia 15
Le carton 18
Statistiques 21
Un tissu mité 23
Anémone 25
Jean-Christophe 28
J'ai une amie 30
Polisson 33
Le mirage 36
Le béret rouge 39
Grève générale 41
Les Dieux étaient jaloux 43
Chatterton 46
Parenthèse socialiste 48
L'Éternel Retour 50
Margot 52
Blaise 54
En barque 56
Era 58
Sous le shako 60
Encore Blaise 63
Assis sur la margelle 65
Pourquoi sonder les murs ? 67
Le calame à la main 70

Deuxième partie	**73**
Le continent féminin	75
Le continent féminin, suite	78
Alba	81
L'Origine du monde	83
Jeanne	87
Le cahier de moleskine	90
Brouillons	92
Loin des yeux…	94
Poète indien	96
Imprécisions	99
Précisions	102
Debriefing	104
Félix, tragédie inachevée en trois actes	106
Cela ne sera pas	117
Au Bic rouge	118
Troisième partie	**121**
Docteur Jekyll	123
Chapeau melon et chaussures vernies	125
Iris	127
Intermittences du cœur	129
Le renouveau	131
Peinture	134
Lutins	136
Brève rencontre	137
Petit traité du bonheur	139
Poésie	142
Wembley	144
Cliché perdu et retrouvé	146
Météo	148
Futur Cicérone	150

Missive bilingue	152
Leçon d'anglais	156
Noce blanche	158
L'heure de sincérité	160
Sur les hauteurs	162
Révélation	164
Véronique	167
De Santiago du Chili	170
L'homme aux cartes postales	173
Poignards	175
Exégèse	178
Le Bon Génie	181
Quatrième partie	**185**
Le Krach	187
Histoire de fleurs	190
Partie de Cluedo	193
Le temps des épreuves	195
Le Bouquet	197
Confidente	199
Aimez-vous les énigmes ?	202
Le dernier mirage	205
Tu dors ?	208
Au fond du carton	209
Dette d'honneur	211
Antigone	214
Cariatide	217
Sur ses traces	219
Épilogue	**221**
L'ange de Pomposa	223
Friendship	224

Dernières publications des éditions Mon Village

Romans

Michel Brouard : *Le dernier vol des frelons.*

Michel Clerc : *Le fils des étoiles.*

Maurice Cohen : *Mata-Kite-Rangi. Les yeux tournés vers les étoiles,* tome 1..

Nathalie Costes : *La légende de la Mounine.*

Roger Cuneo : *La joueuse, une descente aux enfers.*

Michèle Dassas : *Le voyage d'Emma.*

Claire de Viron : *Quand la mère se retire.*

Sabine Dormond : *Don Quichotte sur le retour.*

Marie-Andrée Griffond-Boitier : *Outr'âge.*

Dominique Gros : *Le lynx de la Combe au Lac.* Prix Chapitre Nature 2011, catégorie Fiction.

Monica Joly : *Écoute le souffle de la mer.*

Jacques Lacœuilhe : *Deux étoiles sur la montagne.*

Patrick Leroy : *Rendez-vous à la Puerta del Sol.*

Pierre Luneval : *La vénule.*

Gilles de Montmollin : *Latitude 58.*

Danièle Secrétant : *La femme paratonnerre.*

Jenny Sigot Müller : *Entre deux voix. Journal d'une jeune interprète de conférences.*

Marielle Stamm : *Chère Mademoiselle et Amie.*

Gisèle Tuaillon-Nass : *Les coquelicots fleurissent toujours en Palestine..*

Jack Varlet : *Neige perdue.* Prix « Village du livre » de Saint-Pierre de Clages 2009.

Martial Victorain : *La compagnie des Vermioles.*

Astrid Yener-Uldry : *Les lundis chagrin.*

RÉCITS

Gérard Bullat : *Quatre jours entre deux rives.*

Louis-François Monnier : *Deux billets simple course. Des plaines mozambicaines aux Côtes-de-l'Orbe.*

René Neyret : *Une enfance au café.*

Jean-Claude Piguet : *Le rêve d'Edouard, chronique de la famille Baierlé, du Grand Hôtel des Rasses et de « l'industrie des étrangers ».*

DOCUMENTS

Christophe Carisey, Michel Bühler et Bernard Simon : *Les saisons au Balcon, les communes de Sainte-Croix, Bullet et Mauborget.* Beau livre.

Simon Leresche : *L'épopée touristique de Ballaigues.*

Philippe Maire : *La santé dans le canton de Neuchâtel, plus ça change moins ça change.* Essai.

Jacques Secretan : *Le procès Ségalat, un acquittement contesté.*

ROMANS POLICIERS

Philippe Lachat : *Fallait pas faire ça, Marcel !*

Ada Nisen : *Les hommes des sous-bois. Tome 1.* Polar solidaire.

Jean-Claude Zumwald : *Exit le salaud.*

Jean-Claude Zumwald : *La photo de classe.*

NOUVELLES

Gilles de Montmollin : *Pour quelques stations de métro.*

À paraître :

Gérard Bullat : *Yvoire – Mon village en ce temps-là.* Récit.

Martial Victorain : *Fernand – un arc-en-ciel sous la lune.* Roman.

Editions Mon Village
Rue de la Sagne 17b, CH-1450 Sainte-Croix
Tél. (0041) 024 454 46 80, fax (0041) 024 454 29 80
www.editions-monvillage.ch
courriel : monvillage@jsce.ch

Achevé d'imprimer
en avril deux mille quatorze
sur les presses de l'imprimerie
du Journal de Sainte-Croix et environs

CH – 1450 Sainte-Croix